迷子のままで

Arata Tendo
天童荒太

新潮社

迷子のままで

＊目次＊

迷子のままで

人であふれた流れのなかで溺れそうになる。

かき分けてもかき分けても、大きな尻や背中に行く手をふさがれる。はぐれないように歩いていたのに、急に後ろで怒鳴り声がして、つかみ合う男たちを何事だろうと見入るうちに、見慣れた背中が消えていた。

この公園へは電車で来た。住所は所番地まで言えないし、電話番号も覚えていない。泣くのをこらえ、花火を見るために集まった人々のあいだを、懸命に前へ前へと抜けてゆく。

人の流れが二つに分かれた。道が左右に分かれているのだ。分岐点となる突き当たりの角に、同年代の男と立ち話をしている父を見つけた。ほっと息をつき、歩みをゆるめる。

ちょうど話を終えたところらしく、男は父に軽く手を上げて、右手の道へ去ってゆく。だったら父は、我が子を捜しに、こちらへ戻ってくるだろう、と思った。

だが父は、普段と変わらない神経質なせかせかした足取りで、左手の道へと歩きだした。子どもがそばにいないことに気づいていないのだろうか。

置いていかれるのを恐れて駆け寄り、骨ばった硬い手を握った。父が、驚いた様子で顔を振り向けた。見上げるこちらと目が合う。父は、照れたような、こちらを憐れんでいるような、奇妙な笑いを浮かべて言った。

なんだ、迷子のままでいたほうがよかったのにな。

からだが揺さぶられるのを感じ、彼はまぶたを開いた。目の前に、奈桜《なお》の顔がある。

「勇輔《ゆうすけ》……勇輔……」

「晴真《はるま》は？」

奈桜が焦りのにじんだ表情で訊く。言葉の意味を理解するのに時間がかかり、

「え……あ……っと、その辺にいるだろ」

勇輔は、座っている壁際のベンチから見渡せる、おもちゃ売り場の一角に視線を送った。

「いないから言ってんの。ちゃんと見てて、って言ったじゃない」

奈桜がおもちゃ売り場に戻っていく。両手に買い物袋を下げていることで、タイトなワンピースを着たからだの線が無防備にあらわれている。勇輔は、よく締まったウエストから形よく張ったヒップの線に、ぼんやりと目をやり、彼女が我が子の名前を呼びながら柱の向こうに消えたところで、ため息をついて立ち上がった。

子ども服や文具などを売っているフロアをくまなく捜したのち、わたしを追いかけたのかもし

れない、と、階下の婦人服売り場に降りていく奈桜と別れ、もしやと思い、屋上へ向かった。

　このデパートの屋上にはペットコーナーがあり、生まれて間もない仔犬や仔猫、外国産のトカゲやカメレオンなども展示してある。アパートではペットは飼えない。なのに、いったん見はじめると檻の前から離れないことから、屋上には行っちゃだめだと、奈桜が、また勇輔も、五歳の男の子に言い聞かせてあった。

　ペットコーナーをのぞいてみる。案の定、カメレオンの檻の前に立つ、Tシャツと半ズボン姿の晴真の姿を認めた。勇輔は、奈桜に連絡しようとスマホを出したところで、思いとどまった。

　このまま放っておいたら、晴真はどうするだろう。不安になり、階下のおもちゃ売り場に戻るだろうか。しかしベンチに勇輔はおらず、母親もいない。迷子になったと思い、怖くなって泣きだすとしたら……そのほうが、しつけのためにはよいと思う。

　勇輔が後ずさろうとしたとき、晴真が急に振り返った。まっすぐこちらを見たかと思うと、檻の前を離れ、勇輔が立っている通路を遠回りに避けて、エレベーターホールのほうへ走ってゆく。

「こら、待てっ。ここに上がってきちゃだめだって言ったろ。なんで言うことをきかないんだ」

　勇輔は、慌てて彼を追いかけ、エレベーターの前で小さな腕をつかまえた。

　痛いぃ、と晴真が声を上げる。

　周囲の視線が一斉に集まるのがわかった。だが手を離せば、晴真は逃げ出すだろう。五歳児が大人の弱みにつけ込んでいる気がして、いっそ頰を張りたくなる。

「泣いたってだめだ。いまママに来てもらって、叱ってもらうから、じっとしてなさい」

勇輔は、わざと周囲に聞こえる声で言って、空いた手でスマホを操作し、奈桜を呼び出した。

ほどなく彼女がエレベーターから飛び出してきた。晴真は、勇輔の手を振りほどき、母親の懐に飛び込んで、大きな泣き声を上げ、痛い、痛い、と訴える。

奈桜は、ほっとした表情ながらも、晴真の頭や背中を撫で、

「なに、どうしたの。どこが痛いの？」

晴真は、勇輔につかまれた腕のところを指差した。

「あら、赤くなってる」

奈桜が、心配そうに彼の上腕を見た。「どこかにぶつけたの？」

勇輔は、衝動的に手近にあるものをなんでも壁に投げつけたくなった。愛用のスマホでもいい。ぶつけて、その音や散らばった破片でこちらの怒りを伝え、相手が萎縮し、彼に謝ることによって、荒れた感情を解消したくなる。だが、何をどうしたところで相手は謝らず、こちらがおかしいと思われるだけだと思い直し、どうにか感情を抑え込む。

「逃げ出そうとしたから、ママが来るまでここにいろって、軽く握ってただけだよ」

冷静な口調に聞こえるよう意識して、奈桜に告げる。

「痛いぃ、痛いのぉ」

晴真は、勇輔の言い訳をかき消す声で、奈桜に訴える。

「少し強く握り過ぎじゃない？　骨だってまだ弱いんだから」

奈桜が勇輔に言う。決して詰問調でなく、晴真が悪いのも承知しているけど、と言外に匂わせてはいるが、勇輔には責められているように聞こえ、抑えていた感情が破裂した。

「約束を守らないのは晴真だろっ。屋上で走り回ると危ないから、つかまえて、待ってたんだ。なんで感謝されずに、責められる？　だったら日頃からちゃんとしつけろよっ」

エレベーターに乗るのも癪で、階段を地下の駐車場まで降りていく。仕事柄、階段の昇り降りには苦を感じない。駐車している自分の車の前まで進んでも、高ぶりは冷めなかった。運転席に乗り込み、ドアを荒く閉めて、いらいらしながら二人を待つ。

しばらくして、ようやく奈桜と晴真が現れた。奈桜は、黙って後部席のドアを開け、晴真を奥のチャイルドシートに座らせ、勇輔に謝るでもなければ怒るわけでもなく、子どもの隣に腰を下ろす。晴真はもう機嫌を直して、ママこれ、と手のなかのミニカーを奈桜に見せている。

勇輔は、二人に言いたいことがあるのに、適当な言葉が思い浮かばず、無言のまま車を出した。こんなつもりではなかった。もっとうまくやれるはずだったのに……。駐車場を出ながら、彼女たちに聞かせるつもりで、荒く息をついた。

彼の仕事は、宅配のドライバーだった。去年異動となり、奈桜のアパートが担当地区に入った。ほぼ一年前、彼女の部屋に荷物を届けると、不在だった。再配達の指定が翌日の午後七時から九時の時間帯だったため、七時過ぎに持っていったところ、やはり不在だった。仕事を終える九時前に、会社から渡されている仕事用の携帯に電話が入った。申し訳ないけれど、いまお願いできませんか、と、女の疲れた声がする。面倒だったが、仕方なく届けた。

メイクを落として顔を洗ったばかりらしい女は、長い髪を後ろにまとめた素顔で、首筋に水滴をつけて現れた。気は強そうだったが、整った顔だちで、ノーブラとわかるタンクトップ姿に、気持ちがわずかに乱れた。背後で子どもの声がして、一瞬で興は冷めたものの、夜中に部屋でAVを見ているとき、彼女の少し湿ったスッピンとノーブラのタンクトップを思い出した。

一ヵ月後、また彼女宛てに荷物が届いた。前回と似た段ボール箱で、北海道から女性が送っており、内容に米、食料品とあるのも同じだった。学生や若い女性に、実家からこうした荷物が届くことがある。不在票を置くとき、出来心で、九時まで電話OKと書き込んだ。当日九時十分前に電話があった。彼女はまだメイクをしており、外出着のままだった。素顔を知っているから、目もとにラインを引き、口紅をつけているだけでも、どきりとするほど美しく感じられた。

こんな時間にごめんなさい、と恐縮する彼女に荷物を渡しながら、何も話さずに帰れば、きっと後悔する気がして、忙しいんですね、と口にしていた。奥からいつのまにか男の子が現れ、彼女の脇に立って勇輔を見た。面差しが彼女に似ていた。それが晴真を見た最初だった。

保育園が近くにないので、仕事後に電車で迎えにゆき、おなかが空いたってぐずるこの子にお店で食べさせて、また電車に乗って帰ると、どうしてもこのくらいの時間になってしまって……と、彼女は説明した。勇輔は、大変ですね、と答えつつ、玄関の内側に男物の靴や傘がないのを見て取った。

それから二週間ほど経った土曜の雨の午後、同じアパートの別の部屋に荷物を届けて帰ろうとしたとき、奈桜の部屋のドアが開き、地味なワンピース姿の彼女が現れた。勇輔とすれ違っても気づかず、アパートの外へ出て、表通りの左右を焦った様子で確かめている。声をかけたところ、彼女はようやく気づき、タクシーの空車が走ってないかしら、いくら呼んでも来てくれなくて、と言った。午前中晴れていたのに昼過ぎから雨になったため、タクシーを求める人が多いのだろう。彼女は、子どもが三十九度の熱があって、救急車を呼ぶほどではないと思うけれど、子どもに乳製品のアレルギーがあるので、できればかかりつけ医のところへ行きたいんです、と話した。

勇輔は、あとで思い返しても上出来だったと思うが、

「じゃあ、うちの車に乗っていけば？　送っていきますよ」

と告げた。会社の規則に違反するが、緊急だった、と言い訳はできる。薄いブランケットに包まれたパジャマ姿の晴真を膝に抱いた彼女を、大丈夫だから、と助手席に乗せ、土曜の午後でも開いているというクリニックに届けた。

「帰りも、携帯に電話ください。迎えにきますから」

子どもの高熱は、細菌の感染症によるもので、薬を飲めばすぐに下がるとのことだった。アパートに送り届けた際、しきりに礼を言う彼女に、何かあったらいつでも、と私用のスマホの電話番号とメアドを書いたメモを渡した。翌朝メールが来て、熱が下がってきました、とあった。

後日、勇輔は彼女からの申し出を受け、互いに都合の合った日の夜に、三人でファミリーレストランで食事をした。熱の下がった晴真は、愛らしい声で、ありがとうございました、と礼を言い、クレヨンで描いた絵をくれた。勇輔は、生まれつき左目の脇に十円玉大の赤黒いあざがある。赤いクレヨンでそのあざを強調して描かれた人物は、すぐに彼だと判別できた。

勇輔と奈桜は、毎晩メールのやり取りをするようになった。彼女は二年前に離婚していた。原因は夫の浮気で、相手が彼女の友人だったことから許せなかったという。いまでは元夫から連絡はなく、晴真もほとんど父親のことは覚えていないらしい。落ち着いた雰囲気なので、勇輔より二、三歳年上かもしれないと思っていたが、五歳年上だということもわかった。彼が自分のことを、独身、二十六歳になったところ、と打つと、わたしはもうおばあさんだね、と返ってきた。勢いにまかせ、そんな冗談はよしなよ、好きだ、つきあってほしい、と打ち返した。

彼女は、ターミナル駅の駅ビルに入っている雑貨販売の店に勤めていた。互いの休日のすり合わせが難しく、晴真のこともあってホテルでの時間は限られる。知れば知るほど彼女に惹《ひ》かれていた勇輔は、二ヵ月ほどで結婚を申し込んだ。

だが奈桜は、晴真の新しい父親を決めることに慎重だった。北海道に暮らす彼女の母親は、夫と死別後、再婚し、当時中学生だった奈桜は、新しい父親からセクハラまがいの行為を受け、高校進学の際に、独身の叔母を頼って上京した経緯があった。

一方で、晴真は勇輔を快く迎え入れた。勇輔がアパートに遊びにいくと、夜はきっと抱きつき、帰らないで、とせがんだ。勇輔も、仔犬のようにじゃれつく晴真が可愛いかった。おれの子どもとして育てるから、と奈桜に約束した。彼女もようやく慎重な姿勢をゆるめ、しばらく同棲して、うまくいくようなら結婚、という彼の申し出を受け入れた。

「でも、晴真がどんな悪いことをしても、きっと言葉で叱ってね。別れた夫はときどき手を上げてたから、すごくいやだった。それも離婚の大きな理由なの」

勇輔は、絶対に大丈夫だと請け合った。これまで一度も誰かに手を上げたことはない。晴真もなついているし、自信があった。

ところが、一緒に暮らしはじめると、晴真の勇輔に対する態度が次第によそよそしくなった。自分の母親を取られると思っているのかもしれない、と奈桜は言った。晴真には何度も説明した。晴真がパパになり、二人を守るつもりだ、と。なのに晴真の反抗的な態度は、どんどんエスカレートした。呼んでも返事をしない。外遊びから帰ったら手を洗えと言っても、汚い手であちこちさわる。部屋を散らかしているので、片づけるように言うと、おもちゃをわざと蹴り飛ばす。奈桜がたびたび晴真に言い聞かせて、三人でいるときはまだ聞き分けがよいのだが、勇輔と二人だと、きっと神経を逆撫でするようなことをする。

晴真が反抗的なのは、本当の父親を慕っているからだろうか……奈桜のしつけが甘いのも、前の夫をいまなお愛しているからではないのか……などと疑心がつのった。そんななかでの、今日のデパートでの迷子騒ぎだった。

もう無理かもしれない、と、勇輔は最近おりにふれ思う。奈桜への感情も、本物の愛ではなく、性的な欲求が主なものかもしれない。奈桜のほうでも薄々それを感じ取っている気がする。一時期は、彼女も積極的だったのに、同棲をはじめてからは淡白になった。その欲求不満も重なって、晴真の言動に対する苛立ちがいっそうつのる。

アパートの部屋に帰り着いたのち、勇輔はスマホで仕事仲間とのＬＩＮＥをはじめた。

奈桜は着替えと洗顔のために洗面所に入り、晴真はリビングのテーブルの前に座り、テレビをつけた。テレビの音量が大き過ぎて、ＬＩＮＥに集中できない。音を下げるように、勇輔は晴真に注意した。晴真は聞こえないふりをして、もう一度注意すると、逆に音量を上げた。勇輔はスマホを置いて立ち上がり、晴真の手からテレビのリモコンを取り上げ、電源を切った。

晴真が、イヤーともギャーともつかない叫び声を上げ、勇輔に飛びかかってリモコンを取り返そうとする。足を踏まれたため、勇輔は小さな肩を押した。簡単に晴真は転んだ。子どもの柔らかそうな腹が目の下にさらされ、一瞬蹴りつけてやりたい衝動に駆られる。だが、自分でもよくわからない恐れによって踏みとどまった。

その間に、晴真が起きて、勇輔がテーブルに置いたスマホをつかみ、止める間もなく、窓から外へ捨てた。二階の部屋から落ちたスマホが、下のコンクリートにぶつかる音が返ってくる。

瞬間的に、勇輔は晴真の頬を張った。晴真は、後ろの壁まで飛び、背中をぶつけて、そのままずるっと座り込み、激しく泣き声を上げた。

「なんなのっ」

悲鳴に近い奈桜の声が洗面所から響いた。すぐに彼女がリビングに現れ、泣いている晴真のもとに駆け寄り、腕のなかに我が子を抱き寄せる。

勇輔は、スマホのことを伝えようか、しつけだったと口にすべきか、言葉が喉もとにあふれながら、結局何も言えずに、部屋を飛び出した。

自分の行為に驚き、奈桜との約束を破ったことにも動揺して、スマホを拾い上げたあとも部屋には戻らなかった。あてもなく町をさまよい歩き、ちょうど歩き疲れた頃、職場である宅配の営業所のそばにいることに気づいた。

夜勤だった所長に適当な嘘をついて、その夜は営業所の仮眠室に泊めてもらうことにした。ほとんど一睡もできないまま朝を迎えた。シフトでは、前日の午後から今日一杯、勇輔は休みになっている。手持ち無沙汰から、午前中は荷物の仕分けでも手伝おうかと、仕事着に着替えようとしたところで、電話の着信音が鳴った。

期待しつつ、画面のひび割れたスマホを確かめる。奈桜ではなく、中学と高校時代の親友からだった。

生まれ故郷の町に残り、父親の経営する水道工事の会社で働いている新田《にった》とは、帰郷するたびに会うし、メールでもつながっている。ただ直接の電話は珍しい。

「もしもし、勇輔？　宅配は朝が早いから、もう起きてると思ってさ。いま大丈夫か」

大丈夫だと答え、相手の用件を待った。テレビのニュースを見たか、と新田が問う。見る余裕などなかったし、最近はネットばかりで、テレビのニュースはほとんど見ない。

「落ち着いて聞けよ、おまえの子どもが殺された。勇輔、おまえの子どもが殺されたぞ」

＊

高取爽希子《たかとりさきこ》は、娘の麗那《れいな》を保育園に預けて、浜芝《はましば》警察署に小走りに駆け込んだ。廊下を素早く渡り、刑事課の部屋へ……誰にも見られていないことを確かめ、そっと入ろうとしたところで、ちょうどなかから出てくる課長の江藤《えとう》とかち合った。

「高取君、七分遅刻」

爽希子は、ため息をつき、深く頭を下げた。

「市民にルール遵守を求める者が、規範を破ってどうする。きみのことだから、また子どもの件だろう。何度も言うが、送り迎えのどちらかを、旦那さんに替わってもらいなさい」

「すみません。何度も話し合いをしているのですが、本部勤めは大変だと言って……」

夫の晨也《しんや》も警察官で、今年から異動となり、県警本部の捜査一課にいる。

「所轄《しょかつ》を甘く見てもらっては困るな。事件も事故も、まず所轄から始まるんだから」

「ええ。夫も長く所轄にいて、事情はわかってるはずなんですけど……すみません」

今朝もそのことで喧嘩をした。家事はできるだけ手伝う、子育ては平等に、というのが結婚の際の約束だった。爽希子なりに、社会的につらい立場に置かれやすい女性や子どもの安全と人権を守りたいという志を抱き、女性であるというだけで受ける侮蔑的な言動にも幾度となく耐え、ここまでキャリアを積んできたのだ。一度の恋で、すべてを投げ出すことなど考えられない。

それを承知で結婚したくせに、緊急の事件だ、夜勤明けだ、いま休んだらまた所轄勤めだ、などと、晟也はいつも言い訳を口にして、麗那の保育園への送り迎えも、麗那の健康状態によって仕事を休まざるを得ないときも、すべてを爽希子に押しつけてきた。

今朝、麗那は三十七度二分の微熱があった。麗那は、たぶん両親の事情を思いやってだろう、全然大丈夫、元気だから保育園に行く、と健気《けなげ》に答えた。二週間前にも麗那は熱を出し、爽希子が二日休んだばかりだった。出産直後や、どうしてもというときには、茨城に住む実家の母に来てもらってきたが、いきなりでは難しい。

おれは無理、と晟也が早々に防衛線を張り、たぶん夜も遅いし、と言いだしたため、爽希子はついに切れた。近くにあったものを手当たり次第投げつけて、片付けといてよ、と言い捨て、麗那を保育園に送った。園長に事情を話し、咳をしていなくても麗那がマスクを付けることを条件に預かってもらえたが、もし熱が七度五分を超えたら連絡するので、仕事中でも迎えにくるように、と固く言い渡された。

「どうしても無理なら、きみも、先々は考えるべきかもしれないね」

江藤が、言外に爽希子の退職を匂わせて言う。周囲でも、何人もの女性の同僚が退職していた。この国の古い、ゆえに強固な慣習に呑み込まれる順番が、自分にも来たということだろうか。

「それはそれとして、高取君、コンビニ強盗の裏取りの予定を変更して、今日は取り調べに入ってくれ。同性じゃないせいか、小山《こやま》には全然口をきかなくてね。最近この手のヤマは数字が取れるのか、マスコミが妙にしつこい。早いところ、検察に送りたいんだ」

爽希子は、退職の話が先送りになったことにほっとして、江藤から書類を受け取った。

典型的な児童虐待事件だった。爽希子は、直接はまだ担当したことがなかったが、書類を読む限り、これまで見聞きし、かつ学んだ事例におおむねあてはまる。

傷害致死の容疑者は上岡宏武《かみおかひろたけ》、三十歳、建設会社社員。同幇助《ほうじょ》の容疑者は妻の暎里《えり》、旧姓守崎《もりさき》、二十五歳、スーパーのパート勤務。被害者は長男達海《たつみ》、五歳。宏武と暎里の婚姻届の提出はほぼ一年前で、宏武は初婚、暎里は再婚。達海は暎里の連れ子だった。

八ヵ月前、長野県桜野市の保育園から、達海への虐待が疑われる旨の通報があり、管轄となる桜野児童相談所の児童福祉司が上岡家を訪問した。だが暎里は虐待を否定。達海本人とも面談でき、自分で転んだと傷の説明をしたため、ひとまず両親そろっての相談所への来所を促した。だが来所はなく、一ヵ月後にまた児童福祉司がアパートを訪問した。暎里は在宅するも、ドア越しに話すのみ。達海は風邪との理由で、会えず。児童福祉司は、家族三人の来所を求めたものの、音沙汰はなく、三たび訪問したところ、一家は転居していた。

転居先は、埼玉県浜芝市と判明。桜野児童相談所より、管轄となる西北児童相談所に連絡。同児童相談所では、以前より抱える案件が多数あり、一ヵ月後に児童福祉司が上岡家の転居先のアパートを訪問した。在宅中の暎里と達海と面談。児童福祉司によれば、暎里の精神状態は良好、達海も元気に動き回り、あざなどの外傷は見られなかった。暎里の話しぶりでは、夫宏武の仕事が順調なことが家庭円満につながっているらしく、彼女はスーパーのパートを始め、達海を近くの公園によく連れてゆき、ママ友もできたという。達海自身は、保育園での遊びを毎日楽しみにしており、児童福祉司は達海の通う保育園に出向き、話の裏付けも取った。

状況が変わったのは一ヵ月前。保育園から、達海のからだに複数のあざがあると連絡があった。児童福祉司は、上岡家を訪問するも、誰とも会えず、隣室の住人から、この十日ほど子どもの泣く声がひどくなったという話を聞き、連絡を求めるメモを上岡家に残して、連絡のない場合は警察に相談する旨も書き添えた。ほどなく暎里から連絡があり、何も問題はないと話した。児童福祉司は、期限を決めて、三人との面談を求めた。だが期限を過ぎても連絡はなく、児童相談所は浜芝署生活安全課と協議し、警察官立ち会いのもとでの上岡家の訪問を決定した。その訪問を予定していた前日、救急病院より同署に連絡が入った。

緊急搬送された達海は、搬送時にはすでに意識がなく、CT検査の結果、頭蓋骨骨折、脳挫傷《ざしょう》、また胃が破裂し、内容物が体内に漏れ出ていることが判明した。手の施しようがなく、三十分後に心肺停止、死亡確認。全身に新旧のあざのあとが確認された。

浜芝署刑事課の署員が、病院と上岡家に急行し、達海に付き添っていた暎里と、自宅にいた宏武に任意同行を求めた。宏武は、しつけのために子どもの頬を軽くぶったら、よろけて壁に頭をぶつけたと述べた。腹部については、子どもが急に体勢を変え、誤って踏んでしまったという。全身のあざは、暎里の折檻《せっかん》によるもので、自分は知らないと話した。

一方、暎里は、達海に付き添って救急車に乗るときから、放心状態に近く、達海の状態を問う看護師に、「よくわからない」としか述べていない。救急車要請の電話録音には、「子どもの頭から血が出てる」という、暎里のぼんやりとした声が残っている。

現場の部屋に入った刑事および鑑識課員たちは、リビングの壁に、複数のへこんだ箇所と、乾いていない血の付着を発見した。また、その下の床から子どものものらしい毛髪を採取した。事件現場の検証経験が豊富な刑事とベテランの鑑識課員は、父親が男児の髪をつかんで、複数回、激しく壁にぶつけたのだろう、と推測した。病院の解剖医は、誤って踏んだくらいでは胃は破裂しない、意図的に踏みつけたと思われる、と証言した。署は、傷害致死と判断し、宏武が主犯、暎里が幇助として逮捕状を取り、署内において逮捕、そのまま勾留《こうりゅう》した。

爽希子は、書類から目をそらし、刑事課の部屋の窓際に立って、深呼吸をした。同い年の子を持つだけに、感情の抑制が難しい。もしも夫が娘に手を上げたら、即離婚と決めている。まして髪をつかんで壁になんて……。口もとに手をやり、吐き気をこらえる。

時間となり、爽希子は取調室に入った。年下の男性刑事、吉見《よしみ》が記録を付ける席についており、いやな事件ですね、と言う。私情は口にできず、彼女は目だけで同意を伝えた。

上岡暎里が、留置係の署員に連れてこられた。吉見が引き継ぎ、彼女を爽希子の前の椅子に座らせる。相手を見て、爽希子は内心動揺した。実年齢より若い、というより幼く感じる。長く伸ばした髪はぱさつき、染めた栗色が退色している。顔色は青白く、眉はあるかないかの細さで、鼻は低く、唇は薄い。部屋着なのか、毛羽立ったスウェットの上下を着ており、胸のふくらみも腰のくびれも見受けられず、ヒップのラインも貧相だった。

学業も運動も平均以下で、自己肯定感が低く、繁華街の隅に身を寄せて、時間を無為に過ごす中高校生……将来の夢を描ける能力も資格もないと思い込み、生活費や携帯料金を稼ぐためにアルバイトをしている中卒、あるいは高校中退の少女……。爽希子が生活安全課に配属されていた時代に出会った若者の姿と、暎里の風貌はどことなく重なった。

「上岡暎里さんですね。高取と言います。すでに説明を受けたと思いますが、達海君のことに関して、お話を聞かせてください。病院に運ばれた夜のことから詳しくお願いします」

暎里は、椅子の背もたれに力なくからだを預け、気だるそうにうつむいている。

爽希子は、膝の上から机の上へと手を動かし、左手を上にして組んだ。薬指には、銀色のシンプルな指輪をしている。

暎里のあてどもなく揺れていた目が、爽希子の指輪の上で止まるのがわかった。

「あの日、達海君と、父親の宏武氏のあいだに、何が起きたんです？」

暎里の返事はない。彼女の左手の薬指には、ややくすんだ金色の指輪が見られる。

「達海君が怪我をしたときに、あなたはどこにいました？　達海君の怪我に、どの時点で気がついたのですか？　気がついたとき、達海君はどんな状態でした？」

やはり返事はなく、爽希子はかすかな苛立ちをおぼえた。感情をどうにか抑え、

「お子さんを亡くされたショックはわかりますが、ちゃんと話していただかないと。あなたご自身の処遇にも関わることです。一一九番通報をしたのは、あなたですね」

「おたく……幾つ？」

暎里が、口をあまり開かずに言葉を発した。か細く、投げやりな口調だった。

捜査員は、原則として自分のプライベートに関する質問には答えるべきではない。だが、

「わたしの年齢ですか……三十六歳です」

爽希子は正直に答えた。生活安全課で夜の繁華街を巡回していたとき、非行が疑われる少女たちによく、お姉さん何歳、オバハン幾つ、などと問われた。無視をすると、まったく相手にされなくなり、正直に答えると、以後の会話が意外にスムースに運んだ。

「わりといってんだ……子どもは？　いるの？」

「ええ。五歳の女の子が一人」

相手の瞳に光が灯った印象を受ける。達海も五歳だ。

「へえ……じゃあ、けっこうな年で産んだんだ……三十一？　だったら……楽だったろうね」

体力的なことではなく、実際の子育てに関してだろう、と察したのは、似た会話を保育園のママ友とすることがあるからだ。

四十歳を過ぎて初産《ういざん》だった女性は、この年だから落ち着いて子どもと向き合えるけど、若かったら絶対に何度もキレてる、と笑って語っていた。それを聞いた二十七歳のママ友は、うらやましい、もっといろいろ体験してから産めばよかった、と唇をとがらせた。爽希子はあいまいな笑みを返しながら、ちょうど中間、と感じていた。それでも実家の母や友人のサポートがなければ、厳しい時期を切り抜けられなかっただろうと思う。

被害者の状態があまりにひどかったため、深く考えずにいたが、暎里は二十歳で子どもを産んでいる。つまり十九歳で妊娠したことになる。十九、二十歳の自分は、まったくの子どもだった、と爽希子は思い返す。

三十歳のときに経験したつわりのつらさや出産への不安、三十一歳で経験した出産の痛みと恐れと虚脱、その後につづいたうつ状態、授乳のストレス、夜泣きへの孤独な対処、赤ん坊が熱を出したり皮膚がかぶれたりしたときの焦燥と無力感など……以後もつづいた子育ての苦労の一つ一つを、十九、二十歳の自分に求められたら、とてもではないが耐えられなかったに違いない。

「子育ては、大変でした？」

思いがけず、ふだんの爽希子の声で尋ねていた。

暎里が顔を起こした。まっすぐに爽希子を見る。

「あなたは、宏武氏とは再婚ですよね。達海君は、初婚のときのお子さん？」

暎里が小さくうなずいた。このあたりから話が聞けるかもしれないと感じる。

「達海君が生まれたときには、まだ結婚してました？　達海君の本当のお父さんとは、一緒に暮らしてたのかしら？　彼は子育てには協力的でした？　それとも？」

「手伝ってくれたよ……お風呂も入れてくれたし……おむつも替えてくれた」

暎里が、昔を思い出すのか、目を宙に上げて答える。だが急にその目を伏せ、

「でも、はじめだけ……三ヵ月で音《ね》を上げた。そっからは喧嘩ばっか」

「そう……大変でしたね」

「わかるの？」

爽希子は、ええ、とうなずいた。

「生まれた直後から、半年くらいは、からだも心も本当にきつくて。でも、夫はこっちの苦しさが理解できないみたいで、思うようには動いてくれないので、大変でしたから」

「そうなんだよね……」

暎里がつぶやいた。からだをやや爽希子のほうへ傾けて、

「ユウちゃんはさ、したいことができないから、こんなはずじゃなかったって、自分だけ遊びにいってさぁ。こっちだって、まだ二十歳じゃん……ちょっとは息抜きしたいよ。そしたら、母親がちゃんと面倒をみりゃ、父親なんていなくても、子どもは育つんだなんて……あーだこーだで

喧嘩ばっか。結局、半年も持たなかった。だったらなんで、産んでもいい、なんて言ったのよ、って話でしょ」

爽希子はうなずいた。暎里は、またからだを反らし、椅子の背もたれに身を預けた。

「でも、おたくは、まだ結婚してんでしょ……つづいてんだよね？」

爽希子は、なんとなく申し訳なさを感じて、答えを控えた。

暎里が大きく息をつく。顔を窓のほうにそらし、また小さく息をついた。

「なんでだろ……そっちはうまくいってんのに。なんでこんなことになったんだろ……」

暎里は、自分がいま置かれている立場に対する自覚がないばかりか、わが子を失ったこともまだよく実感できていないようだった。あるいは、もともと子どもへの愛情が薄いのかもしれない、と爽希子は思った。

＊

勇輔は、約束の時間から十五分ほど遅れて、東京多摩地区の小さな駅で電車を降りた。話を引き受けたことを後悔しながら、指定された北口に出る。ロータリーの歩道寄りの一角に、大型のバンが止まっている。その脇に、皺だらけの背広を着た、小太りの男が立っていた。

相手が、勇輔に気づいたらしく、頭を下げながら駆け寄ってくる。

「尾沢《おざわ》さん？　尾沢、勇輔さん？　宇多川《うたがわ》だけど」

男の顔には、高校時代の面影が残っていた。「急の電話でごめんね。わざわざありがとう。いやぁ、勇輔は全然変わんないよね。おれは、ほら、随分と変わったでしょ？」

かつてはやせぎすだった宇多川は、勇輔や新田たちと十代の頃よく一緒につるんでバカをしていた仲間だった。高校卒業後も三年くらい付き合いがあったが、勇輔が地元を出てからは音信が絶えていた。一昨年の正月の飲み会でだったか、地元で仲間内の連絡係のようになっている新田が、宇多川は親のツテでテレビ局の孫請けの制作会社にもぐり込んだらしい、と勇輔に話した。その宇多川から、今朝、新田に連絡があり、勇輔と会いたい、今日中に話したい、連絡先を教えてほしい、と頼んできたという。

宇多川と再会の挨拶を交わすうち、バンの扉が開き、見ばえのするスーツを着た、押し出しのいい四十歳前後の男性が歩み寄ってきた。宇多川は、後ろに下がり、男性を勇輔の正面に立たせた。

「こちらが、高校の同級生だった尾沢勇輔君です。プロデューサーの玉本《たまもと》です」

紹介する宇多川の卑屈な態度から、彼がこの男性を恐れていることが伝わってくる。

「はじめまして、玉本です。このたびは、どうもご愁傷様でございました」

玉本が丁寧にこうべを垂れる。宇多川も追いかけるように勇輔に頭を下げた。

見も知らぬ相手から突然かしこまった挨拶をされ、自分の立場ではどう答えればいいのか、勇輔は言葉が見つからなかった。

「今日は、たまたまお仕事がお休みだったとお聞きしました。せっかくの休日に、わざわざ私どものためにお時間を作って頂き、誠にありがとうございます」

玉本が名刺を差し出す。有名なテレビ局のロゴマークの下に、聞いたこともない制作会社の名前が入り、チーフプロデューサーとして、玉本の名前が読める。宇多川も名刺を差し出した。肩書はディレクターだった。玉本は、悲痛な面持ちで二度、三度うなずき、

「我々も深く胸を痛めております。これ以上の悲劇を防ぐために、マスコミの一員として何かできないかと歯嚙みしていたところ、宇多川が尾沢さんを知っていると申しまして、これも何かのご縁と、ご協力を願った次第です。ともかくまず車のほうへどうぞ。なかにコーヒーも用意してありますので」

玉本が手を差し伸べる。勇輔は、混乱もあり、相手にすがる気持ちがついあふれて、

「まだ、実感がないというか……事情も何もわからなくて、話すこともないというか」

だから、このまま帰らせてほしいと思うのに、玉本は、そうでしょうとも、と答えながら、バンの扉を開き、真ん中のシートにどうぞ、と勇輔を導いた。

無理に押し込まれる心持ちで、三列ある後部座席の中央に腰を下ろす。彼のすぐ前のシートに腰掛けていた三十代くらいの女性が、お疲れさまです、とほほえみかけ、ポットから紙コップにコーヒーを入れ、どうぞ、と勇輔に差し出した。後ろのシートには、ビデオカメラを膝に抱えた

年配の男と、ヘッドホンを首に掛けた若い男が座を占めている。この三人と運転席のドライバーは、そろって紺色のスタッフジャンパーを着ていた。

宇多川は、勇輔の隣に座って扉を閉め、玉本は助手席について、顔をこちらに向けた。

「尾沢さんは、今回のことについて、どの程度、ご存じなんですか」

玉本が穏やかな声音で尋ねる。

勇輔は、温かい紙コップを両手で持ったまま、首を横に振った。

「新田という友人から電話が来て、ニュースを見たかと言われ、よくわかんないままテレビをつけて、あちこちのニュースを見ただけです。そしたら新田からまた連絡が来て、宇多川君に携帯の番号を教えていいか、と言われて……」

「そうですか……じゃあ、宇多川、まず詳しい状況を尾沢さんにお伝えして。そのあと次の段階に進もう」

宇多川が、はい、と答えて、タブレットを取り出し、事件のあらましを話しはじめた。

勇輔は、しばらくは宇多川の話に耳を傾けていたが、細かい時系列など頭に入ってこず、いつしか五年前に別れた元妻、守崎暎里の顔や声、二人のあいだに起きた事実を思い出していた。

勇輔が工業高校を卒業して、地元の自動車工場へ就職した年だった。父親の会社に入った新田に、可愛いＪＫと知り合うチャンスだと、女子高の文化祭へ誘われた。コスプレ喫茶の模擬店で、ゴスロリの衣装を着た暎里に会った。美人でもなく、スタイルがいいわけでもないのに、心を惹かれたのは……派手な格好をしているくせに妙に自信なさげで、何も用事がないときの彼女が、模擬店や学校だけでなく、この世界に生きていること自体になじめないというか、どうやって生きていけばいいのか、途方に暮れているように見えたからだ。

そんなふうに感じたのは、彼自身が同じ感覚を抱いていたからかもしれない。ともかく新田と駅で別れたあと、女子高へ引き返し、校門の前で待った。彼女は一人で出てきた。制服に着替え、化粧も落としていたのに、目を伏せ、頼りなげな足取りで歩く姿に、できればこの世界の裏側にでも隠れていたいと願っているような印象を受け、きっと彼女だと思い、声をかけた。彼女は驚いた様子を見せず、ああ、とほほえんだ。

マックに誘って二時間話した。ゴスロリは趣味ではなく、クラスのボス的存在の女子に頼まれ、断れなかったと話した。店を出ると外はもう暗く、勇輔は送ってゆくことにした。母子家庭で、母親は午後四時頃に仕事に出て、午前三時頃に帰ってくる、早く帰っても一人だから……と、彼女は独り言かと思う声音で話した。肩を落として歩く彼女の姿に、まるで迷子を送り届けているような気がして、胸が苦しくなるあまりに、抱き寄せていた。

暎里は、勇輔の求めにいつでも応じた。ときには学校も休み、勇輔の都合に合わせた。さすがに彼が苦笑して、どうしておまえイヤって言わねえの、と尋ねたことがある。彼女はやはり独り言めいた声音で、学校では褒められたことがなくて、親からは厄介者扱いだったのに、勇ちゃんは褒めてくれたから……と答えた。やりたかったから、いろいろ試したかったし、してほしいこともあったから、可愛いとか、きれいな胸だとか、最高だ、いい女だ、などと口にしただけだった。いま思い出しても、口のなかに苦いものがこみ上げてくる。

暎里は、高校を卒業して、ドラッグストアの売り場で働いた。母親に金をせびられるのがいやだと泣くので、一緒に住むか、と勇輔から持ちかけた。彼は工場の寮住まいだったし、ホテル代もばかにならなかった。古いワンルームマンションを借り、二人で家賃を払った。彼女の母親に何度か怒鳴りこまれ、勇輔はそのつど追い返した。暎里に子どもができたらどうすんのさ、と彼女の母親に詰め寄られ、面倒を見るに決まってる、と言い返した。

勇輔の母は、彼が四歳のときに父と離婚した。父は酒癖が悪く、よく母が泣いていたのを、勇輔はぼんやりと覚えている。彼には二歳の妹がいた。母は子どもを二人とも連れていきたかったらしいが、勇輔は尾沢家の跡取りだ、と父が渡さなかった。母はその後再婚したらしい。母から勇輔宛に何度も手紙が来ていたが、父がすべて捨てていた。

勇輔が中学の頃、父が酒に酔ったおりにそれらを話した。父の仕事は冷凍食品の配送ドライバーだったから、跡取りってなんだよ、ざけんな、と勇輔は父に摑みかかった。

暎里と同棲して、半年も経たない頃、彼女から妊娠を告げられた。どちらも学校でちゃんとした性教育を受けた記憶がない。勇輔は、女が生理の状態で考えるものだと思っていたし、暎里は、男がすべて処置するものと思い込んでいた。

さすがに困って、遠ざかっていた父をアパートに訪ねた。おろせ、と父は言った。ガキがガキを産んでどうするよ。彼自身が思っていたことを言われ、むしろ安堵した。しかし次に、父が奇妙な笑みを浮かべたとき、五歳のときの記憶がよみがえった。迷子になった夜、父から聞きたかった言葉は、もっと思いやりのこもったものだった。このときの父の言葉もまた、思い出すたびに怒りがこみ上げる。

「べつにおまえ、愛してるってわけじゃねえんだろ」

くそ野郎っ、と叫んで、父の部屋を飛び出したのは、図星だったからだ。

暎里を愛してると思ったことはない。相手が暎里だからではなく、自分はもともと人を愛することなどできない人間だと、勇輔は思っていた。なのに、いや、だからこそ、だったのか、父への怒りと、彼女の母親への反発と意地、そして、「おろせ」と口にすることへの気まずさから、「産んでもいいよ」と、暎里に告げていた。その勢いで籍も入れた。新田たちに話すと、「男らしーじゃん」と言われ、満更でもなかった。

「ひとまずこれが、警察発表と、取材を通して明らかになってきた状況ですけど、わかりましたか？」

小太りの男が心配そうにこちらを見ている。ああ、そうだった。金がないので式は挙げなかったが、仲間内で結婚披露のパーティーを開き、確か宇多川も招いたはずだ。彼が、暎里の名前にちなんで、サザンの曲を音程を外して歌ったのを思い出す。

勇輔はあいまいに返事をした。宇多川の話はほとんど頭に残っていなかった。すでにニュースで、五歳の子どもは、頭蓋骨を骨折し、胃が破裂していたことも知っている。

「尾沢さん、お願いがあるんですが、カメラとレコーダーを回してよろしいですか」

玉本が話に割って入った。「お顔がNGであれば、処理します。お声もご要望に応えます。とにかくテレビ屋なもので、放送素材が何もないと、上から大目玉なんですよ」

玉本が頭を下げるのに合わせ、宇多川も深く頭を下げるのを見て、断りきれなかった。

「じゃあ、まあ、顔は無理だけど……使う使わないを、相談してくれるなら」

すでに用意が整っていたらしく、カメラマンが宇多川の位置に来て、お願いします、とぼそりと言って、真横から勇輔にカメラを向けた。後ろに回った宇多川は、録音技師らしい若者からマイクを受け取り、勇輔に差し出す。

「勇輔、テストを兼ねて、暎里さんとの結婚と、達海君のことを、何でも思いつくまま話してみてくれる？」

宇多川が、わざとだろう、くだけた調子で言う。勇輔の前にいた女性は、知らぬ間に外へ出て、扉を閉めたバンの前に立っている。駐車を注意されたら、説明をする役かもしれない。

自分たちの仕事に緊張感を持って臨む人たちに囲まれて、勇輔は言葉を濁す勇気もなく、暎里との結婚が一年半も持たず、子どもが生まれて半年後には離婚したことを話した。

「赤ちゃんの名前は、誰が付けたんですか。達海君、いい名前ですよね」

宇多川の言葉が丁寧になる。この先は放送で使われる可能性があるということだろうか。

男の子が無事に生まれたことを、夜勤だった勇輔は、暎里からのメールで知った。仕事が終わって、その足で会いにいくと、ナースが新生児室のガラス越しに見える位置に、赤ん坊を連れてきてくれた。可愛いという感慨も、我が子だという興奮もなかった。このひよわな、もぞもぞ動くものによって、自分の運命が狭い袋小路に押し込められてしまう予感がして、恐ろしく思った。名前はタツミ、と暎里が音を先に決めていた。男の子でも女の子でも使える音として考えたという。字は勇ちゃんが付けて、と頼まれた。別れた妹の名前に「海」が付いていたのを思い出し、あとはメールを打つ際の漢字変換の候補から、適当に「達」の字を選び、組み合わせて届け出た。

「子どもが生まれて一ヵ月後かな、新田とアパートにお邪魔したよね。いい名前だと覚えてたからさ、今回、被害者の名前と年齢、母親の名前が暎里でしょ、まさかと思いながら問い合わせてみて、びっくりしたよ。あの頃の写真、赤ん坊を抱いている暎里さんとか、残ってない？」

勇輔は首を横に振った。結婚当時のことはできるだけ考えないようにしてきた。仕事と住所を幾度か変わるうち、十九、二十歳の頃の自分がどれだけ浅はかだったかを悟り、自己嫌悪から、暎里や子どものことは思い出さないように努めてきた。写真も何一つ残していない。そのほうが、二人も新しい夫や父親を迎えやすいはずだと、勝手に考えていた。奈桜には、離婚のことも子どものことも告げていない。わざとではなく、過去の一部が空白になっている感覚だった。

「母親が赤ん坊を抱いていた頃の写真は、ぜひ視聴者に紹介したいので、あらためて思い出していただくとして」

玉本がまた割って入る。「尾沢さんは、お子さんの誕生をとても喜び、友だちに披露したんですよね。なのに今回の事件ですよ。どうですか、いま、どんなお気持ちですか」

急に問われて、勇輔は答えにつまった。ずっと忘れていた存在が、事件の被害者として目の前に現れた。驚いてはいるが、自分がいまどんな気持ちでいるのか、記憶や感情が入り乱れ、確かな形を結ばない。

「お腹立ちでしょ？　相手が憎いでしょ？　我が子を殺されたんですから、ねえ？」

玉本の目の光が鋭くなる。違う、と答えたら、勇輔のほうが責められそうだ。

「え……そうですね、腹は立ちますよ。憎い……まあ、そうですね、憎い、かな」

「宇多川、あらためてちゃんとお尋ねして。ここ肝心なところだから」

「では、尾沢さん。お聞きしますが、我が子を殺されて、いまどんなお気持ちですか」

玉本に促され、宇多川が語調を整えて問いかける。さらに重ねて、

「相手の男は、達海君の髪をつかんで、何度も激しく壁に頭をぶつけて脳にダメージを与え、倒れた達海君のおなかを踏みつけ、胃を破裂させたんです。どう思われますか」

さすがにそれはひどい、と思う。なので、正直に言葉が出た。

「ひどいですね……ちょっと、それは、ひどい……」

虐待の仕方はひどいと思いながら、それは誰に対しても抱く思いであり、我が子に対する暴力への感じ方としてはどうなのかといえば、はっきりした実感は伴わずにいる。それを勇輔は、自

分でも歯がゆく思った。

「前の奥さん、暎里さんのことはどう思ってます？」

暎里に対しては負い目がある。結局半年で子どもを押しつけた形で別れ、ずっと送るはずだった養育費は一年もつづけられず、仕事を変わるうちに振込先を記した手帳もなくしてしまった。

「許せない、というのはないですか。なぜ我が子を守らなかったのか、という怒りは？」

それを言う資格があるのかと、つい首をひねる。

宇多川が、勇輔の前からマイクを下ろし、なんとなく困ったような表情で玉本のほうをうかがう。車内にしばし沈黙が落ちた。

「尾沢さん。お子さんとは、半年しか暮らしていらっしゃらないんですよね」

玉本が確かめる口調で言う。「以来、お会いになったことは？　電話で話すとか？」

「いえ……会ってないし、電話とか、そういうのもまったくないです」

「そうですか……では、どうでしょう。いまから行ってみませんか、お子さんが暮らしていた町に。我々はすでにアパートや保育園を取材しているので、スムースにお連れできます。ここから、一時間半ほどですよ」

宇多川だけでなく、カメラマンや録音技師、ドライバーにさえ、ほっとしたような、玉本の提案を肯定的に受け止めている雰囲気があるのを、勇輔は感じ取った。

「ねえ、行ってみましょうよ。我が子が、どんな暮らしをしていたか、お知りになりたいでしょ。

いや、こんなことになったんです、ぜひお知りになるべきですよ、ねえ」

＊

爽希子は、署内の無人の階段の踊り場に立ち、スマホを耳に、宙に向けて繰り返し頭を下げた。

「すみません。定時にはきっと迎えにいきます、はい、すみません。お願いします」

電話を切って息をつき、壁に額をもたせかける。ひんやりとした固い感触に虚しい安堵を感じながら、夫にメールを打った。短く。あえて感情を込めずに。

『麗那、お昼、食欲なく、三十七度四分。いま寝かせて様子を見ていると、保育園から。わたしは取調室、定時まで動けず。できたら迎えにいってほしい。』

夫の父親は、優秀な捜査員だったという。その同僚や部下からも、夫は期待されている。しぜんと仕事にかける比重が大きくなり、家庭のことが二の次になっている事情は理解できるが、このままでは自分が潰れそうだ。

爽希子の親は県の職員だが、叔母が警察官だった。幼い頃、迷子になっている子どもを優しく世話をして、親もとへ返す彼女の姿を間近で見て、憧れを抱いた。爽希ちゃんは弱い立場の人の味方になってあげて、と警察官になることを告げにいったとき、叔母から励まされた。でも、もう無理かもしれない。

壁から額を離し、頬を両手で軽く打ち、刑事課の部屋に戻ってゆく。上司の江藤と、上岡宏武の取り調べを担当している、ベテランの小田切《おだぎり》刑事が話していた。

宏武が落ちた、という報告は、爽希子も先に聞いていた。

「子どもが言うことをきかないので、カッとなって歯止めがきかなかった。腹を踏んだことも間違いないが、そんなに強く力を入れたつもりはなかった。今回のことは、自分だけの行為で、妻は台所にずっといた。ただ、日頃は妻のほうが子どもを虐待していた」

というのが、宏武の供述の要旨だった。

「傷害致死か過失致死か、罪名は検察だな。ともかく男の単独ってことで報告しておく」

江藤が、結論を小田切に告げ、爽希子の姿も認めて、二人に言った。

「あとは日頃の虐待の問題だ。今回の事件の遠因として、夫婦の供述を固めてくれ」

爽希子と小田切は了解した。先に取調室へ戻っていく小田切を見送って、

「課長、この件には別に一人、罪には問われない被疑者がいる気がします」

爽希子は江藤に告げた。彼が、誰のことかと目で尋ねる。

「子どもの、実の父親です。捜して、一度ちゃんと話を聞いたほうがよくないですか？」

江藤が、冷めた笑みを浮かべ、自分のかかっていた仕事に戻ってゆく。

「事件に直接の関係はないだろ。被疑者の情状面を考えるなら、弁護士の仕事だ」

暎里の弁護士は国選になるだろう。わざわざ時間を割いて、前の夫を捜すとは思えない。

爽希子は取調室に戻った。留置場で昼食をとった暎里は、すでに席に着いている。

上岡家は、この町に越してしばらくは安定している様子だった。なのに約一ヵ月前、保育園から児相に、達海の全身に複数のあざがあると連絡が入った。実際に何が起きたのかを、暎里に尋ねる。彼女は首を傾げるか、自分の水気のない荒れた手をぼんやり見ているばかりで、まともに答えない。

別の刑事が、宏武が二ヵ月近く前、会社の同僚の財布から金を盗んだことが発覚した事実を聞き込んできた。面倒を嫌った会社側が、被害者の金の補償をし、警察沙汰にはしなかったが、宏武は最も厳しい環境の部署に移された。そうしたことのストレスが、子どもの虐待への引き金になったかどうかを、暎里に尋ねる。

「彼は、あなたのほうが、日頃は達海君に、叩いたり、つねったりの、折檻をしていたと話してます。それを認めますか？　達海君のからだに残るあざは、誰がつけたものですか？」

質問を何度か変えても、暎里は答えず、時間ばかりが経過する。つい気持ちが焦る。

話を前の夫のことに戻した。その頃のことだと、暎里がわりと話すからだ。

前の夫は、はじめのうち子どもの世話をよくした。だが、あまりに子ども中心で生活を縛られることに嫌気がさしたらしく、子どもが始終泣くのをうるさがり、仕事の疲れを言い訳に、おむつも替えなくなった。暎里は産後の疲れで家事をうまくできず、セックスにも痛みを感じて、彼を受け入れられなかった。子どもが五ヵ月の頃、高い熱を出した。彼は仕事仲間と飲み会の予定があり、家にいてほしいと彼女が頼むのも聞かず、オトコのつきあいを邪魔するな、と出ていこうとした。彼女も限界だった。てめえがオトコかよ、甘ったれのガキだろ、なんでガキのくせに産んでいいなんて言ったんだ、と叫んで暴れた。その日が境だった気がする、と暎里は言う。二人はつねにいがみ合い、もう離婚よ、と言ったのは暎里だったが、彼に言わされたのも同じだった。

「離婚後、一度も会っていないの？」

「どこで何をしているのかも、わかんない……」

「子どもは、いまのパパが、実の父親ではない、ということは知っていたのかしら？」

「知ってた。宏クンが、達海が悪いことをするたびに、本当の父親に似たんだ、って叱ってたから」

「達海君は、実の父親の、顔とか、名前とかは、知らないの？」

「名前は教えてない。一度宏クンにひどく叱られたとき、本当のパパに会いたいって、あんまりしつこいから、死んだって話した。嘘だって食い下がるんで、交通事故で車がひしゃげたネットの写真を見せたあと、データに残ってたユウちゃんの写真を見せた。しばらくじっと、黙って見てたかな……それからはもう、本当のパパの話はしなくなった」

爽希子のスマホが、ポケットのなかで震えた。保育園からかもしれない。ちょっと失礼、と断り、廊下で確認する。夫からのメールだった。どうせ言い訳だろう、と文面を開く。

『仕事の都合がついた。麗那を迎えにいくよ。保育園に着いたらまた連絡する。晨也』

思わず二、三歩後退し、廊下の壁に背中をつけた。助かったぁ、と緊張がゆるむ。感謝の言葉を並べて、夫に返信した。これで焦らずに供述にも向き合える。

ゆったりした心持ちで取調室に戻り、暎里の前に座った。

「どうかした？」

暎里が不審そうに訊く。爽希子は取り繕おうとするが、暎里の目は妙に光っている。

「何かいいことがあったみたいね。嘘をつかないで。あったんでしょ、いいこと？」

生活安全課にいたときに、繁華街近くの公園で遭遇した場面を思い出す。行き場のない少女たちが、秘かに恋人を作って集団から抜けようとしていた仲間の一人に、執拗に質問を重ねて、ついには白状させ、土下座で謝らせていた。戸惑う爽希子に、顔見知りの少女は、神様に見放されてる人間は他人の喜びや幸せには敏感なんだよね、と鼻で笑いながら語った。

「べつに大したことじゃないのよ。娘が保育園で熱を出したんだけど、わたしはあなたの話を聞く仕事があるから、代わりに、夫が迎えにいってくれるって、メールが来ただけ」

「へえ……そうなんだ……」

暎里の目から光が失われてゆく。瞳がうつろになり、焦点を結ばなくなる。

「いいね……うらやましい……わたしなんか、一度だって、そんなことなかった……」

爽希子は、どうにも彼女にすまなく思うと同時に、話したことを後悔した。

「ずうっと……ずうっと、一人でやってきた……やるしかなかった」

暎里が、顔を伏せ、長い吐息を洩らした。もう息が切れるだろうと思うのに、まだ息を吐き、止まったと思うと、伏せた目のあたりから、滴がひとつ、こぼれ落ちた。

「達海が熱を出しても、誰にも頼れなかった……すごく苦労した。いろんなこと、ほんとにいろんなこと我慢して、我慢して、我慢して、育てた。もういやだと思うことが、何度もあった。一緒に死のうかと思ったことも、何度も、何度も、何度も……そんなときも周りには誰もいなかった。明日死のう、明日は絶対死のうって、達海の首を絞めたあとに、自分が首を吊るためのロープまで用意してたとき……宏クンが声をかけてきた。全然タイプじゃない。ユウちゃんのときは、ちょっと自分と似てるかもって気がした。何かを見つけたいのに、ここでは見つかんないってわかってて……よそへ行きたいのに、行けない、なんか迷子みたいな感じ？　でも、宏クンは、何かを見つけるなんて考えない。食って、飲んで、女とやって、ゲームして、そんだけ。かわいそうな人なんだよ。わたしじゃなくても、やらせてくれる女なら、誰でもよかったんだ……でも、もうやれる相手なんていない。金はないし、仕事もつづかない。もう子連れの、パート暮らしの、生きるのに疲れた女しか、いなかったんだよ。だから、しがみついてきた。初めは、達海と遊んでくれたけど、可愛いがるふりをしてただけ。抱きしめてくれる誰かを失うのを、怖がってただけ……わかってたけど、わたしだって、もういないんだよ。そんな男しか、声なんてかけてこない。宏クンにしがみつかなきゃ、永遠に一人ぼっちなんだ……おばあさんになるまで、一人きりなんだ……」

爽希子には、かける言葉がなかった。そんなことはない、とか、まだ若いんだから、などと言っても、きっと持てる者の傲慢な言葉にしか聞こえないだろう。

「あんたらは、わたしのせいだと思うんでしょ。宏クンのせいだと思うんでしょ。べつにいいよ。実際、こうして捕まってるし、もう達海はいないんだ……。でもさぁ、わたしらだって、あんたたちみたいに生きたかったよ。宏クンだって、あんたみたいな女の旦那になりたいよ……わたしだって、あんたの旦那の奥さんになりたいよ……でも無理なんだ、無理なようになってんだよ。それがわかんないでしょ？　タイプでなくても、つまんない奴でも、一人に戻るのはいやだった。置いていかれるのは、すごく怖かった。だからさ……達海ぃ、達海ぃ」

暎里が、上半身を前後に揺らしはじめた。呪文のように、子どもの名前を繰り返す。

「達海ぃ……なんで、言うこときいてくんなかったの？　なんで宏クンを怒らせちゃうのよ？　言うこときいてくれればよかったじゃない。ふりでいいから、パパの言うことをきいてくれればさぁ……そんなにママを不幸にしたい？　ママがあとでパパから殴られるの、知ってるでしょ？　だったらちょっとくらい我慢してよ。こっちはあんたのために、ずうっと、苦労して苦労して、我慢して我慢してきたのに、どうして少しの我慢もしてくんないの、ねえ……ママが嫌い？　言ってごらん、嫌いなんでしょ。好きだったら、言うこときけよ。何度言えばわかんの、あとで殴られんのはこっちだろ、わかんないのそれが……おまえなんか産んで損ばっかり、もっと幸せになれたかもしんないのに……。ママさぁ、風邪引いて苦しくても、お乳に影響が出たら困るから、薬を飲まずに、ふらふらしながらお乳あげたんだよ……うんちのついたパンツも、ゲロはいたシャツも、新しいの買えないし、洗濯機もないから、あかぎれになりながら毎日水で洗ったんだよ……食べるものも困って、一緒に死ぬ思いまでしながら、頑張ってきたのにさぁ……なんでなのぉ……おまえなんか、おまえなんかさぁ……産まなきゃ、産まなきゃさぁ………」

暎里のからだが、ついにぐらりと傾き、椅子から外れて、床に肩から落ちた。

爽希子は、慌てて机を回り、暎里のもとへ駆け寄った。

暎里は、閉じたまぶたから涙を流し、むせぶように子どもの名前を呼びつづけていた。

＊

「あそこだよ。立入禁止のテープを渡してるその先、一階の一番奥の部屋」

宇多川が、アパートの前の道路から指差す。

こみ入った住宅街のなかにある、壁に小さなひび割れが目立つ二階建てのアパートだった。二名の警官は、当の部屋の前ではなく、アパートの手前に立ち、集まった報道陣が道路の通行を妨げないように注意を払っている。

勇輔は、仕事柄多くの部屋を訪ねてきた。それらと何も変わることのない灰色の玄関ドアを見て、あの部屋で暎里と達海が過ごしていたと教えられても、どんな感慨も生じない。

いきなり二階の一室のドアが開き、笑い声とともに、幼稚園児らしい男の子と女の子が外廊下に飛び出してきた。薄く開いたドアの向こうから、母親だろう、まっすぐ児童館に行くのよ、と声がする。子どもたちは、ハーイと声を返し、外階段を降りて、道路に出てくる。彼らは、ちょうど勇輔のすぐ脇を通り、報道陣のあいだを駆け抜けていく。

「達海君も、ときどき児童館に行っていたらしいよ」

と、宇多川が言う。

勇輔は、何も答えず、弾むように走ってゆく子どもたちの姿を見送った。

「じゃあ、その児童館ものぞいてみようか」

宇多川が促し、アパートの前から離れる。カメラは一緒についてきていない。勇輔を撮影するカメラがあれば、ほかの報道陣に関係者だと察せられかねない。同じ理由で、報道各社に顔が広いという玉本も、少し遠い場所に駐車したバンのなかで待機している。

児童館は、車で行くほどでもない距離だったが、勇輔はバンに乗せられた。撮影させてほしいんで、と宇多川が言い、車窓から、狭いグラウンドのある平屋建ての児童館を確認した。

グラウンドでは、十人くらいの子どもたちが、おいかけっこと、縄跳びと、一輪車とで遊んでいる。先ほどアパートから出てきた二人も、一輪車にチャレンジしていた。

「達海君は鬼ごっこが好きだったみたいだと、館長さんが話していましたけど……」

勇輔の後ろから、宇多川がマイクを差し出す。カメラが横顔に向けられている。

「どう思います。ここで達海君は遊んでいたそうです。ご覧になっていかがですか」

問われても、言葉は出てこない。勇輔の記憶にある赤ん坊と、いま視線の先で跳ね回っている子どもたちの姿とは、まったく重ならない。黙ったままでいたせいか、

「じゃあ、公園にも回ってみましょうか。一番よく遊んでいたそうですから」

玉本が、かすかに苛立ちのにじむ声で提案した。

公園は広く、ブランコや滑り台など遊具が多様にそろっていた。三歳前後の子どもの姿が目立ち、多くは母親が、たまに父親が、付き添っている。子どもたちは遊びに夢中のようでいながら、どの子も親の存在を気にしている。親がそばにいれば心から笑い、近くにいなければ駆け寄り、姿が見えなければ泣きそうな顔で、ママぁ、パパぁ、と呼んでいる。

勇輔は、目を伏せ、宇多川や玉本の質問には、ただ首を横に振った。

またバンが走りだし、しばらく経って、宇多川に降りようと促された。こぢんまりした保育園の前にいた。バンはすぐに遠ざかり、宇多川と玉本がそばに残る。園の庭には子どもの姿はなく、園舎からも声がしない。休みかと思い、勇輔はほっとした。

「ここが、達海君の通っていた保育園だって、玉本さんがコネで教えてもらってさぁ」

宇多川が意味ありげな笑みを浮かべて言う。警察内部の知り合いから教わったという意味だろうか。周囲に報道関係者の姿はない。玉本はすでに園の中へ入っている。

勇輔は、無人の庭と、静かな園舎を見渡した。ここで自分の子どもが過ごしていたと言われても、まったく想像できない。玉本の声がして、宇多川に導かれ、園の玄関に入っていく。玉本の横に、六十代くらいの太った女性が悲しそうな顔で立っていた。

「こちら、この園の園長さんです。達海君の実のお父さんです」

玉本が、彼女と勇輔をそれぞれ紹介する。園長は、申し訳なさそうに勇輔を見つめ、深く頭を下げた。こちらへどうぞ、と玄関を出てすぐ脇の空間に三人を案内する。園長が背にした壁は、全体に反射性のガラスを埋め込んだもので、勇輔たちの姿がゆがんで映っていた。

「いま、子どもたちがお昼寝中なものですから、こんなところですみません。今度のことは、わたくしどもとしましても、もっと何かできなかったかと、後悔と反省ばかりです」

「あの、電話で、お願いしていたものなんですが」

と、玉本が申し出る。

「ええ、でもテレビで映すのはご容赦願います。プライバシーの問題がございますから」

「承知しています、実のお父さまに見て頂きたかったんです」

園長が、エプロンのポケットから写真を取り出し、どうぞ、と勇輔に差し出した。

一枚目は、小柄な男の子が、庭の砂場で砂の山を作っているところだった。楽しそうに笑みを浮かべ、山の頂上付近の砂を盛り固めようと、熱中している様子が伝わる。横顔に、暎里の面影がある。二枚目は、カレーを食べているところだ。好物なのか、頬をふくらませ、嬉しそうに笑っている。最後の一枚は、海賊らしい衣装を着て、カメラに向かって、怖い顔を作ってみせている。

この子が、あの赤ん坊だった達海なのか。勇輔には二つのイメージが結びつかない。だが横顔に残る暎里の面影からして、間違いないだろう。これが勇輔の別れた子どもだ。

「成長したお子さんの姿をご覧になってどうです。初めてご覧になったんでしょ？　とっても可愛いじゃないですか。この可愛い我が子を、殺されたんですよ」

玉本が、勇輔の怒りや憎しみを引き出そうと、たたみかける口調で話しかけてくる。

勇輔は、誰彼かまわず殴りつけたい衝動に駆られた。手のなかの写真を引き裂き、自分たちが映っているガラスも拳をぶつけて叩き割りたかった。何をしでかすか、自分が怖くなり、突き返すように園長に写真を戻した。

園長は、不審そうに写真を受け取って、

「ああ、そうでした。絵もあるんです。いまお持ちしますね」

と、園舎内に戻っていく。

玉本がさらに質問を重ねる気配がしたとき、ちょうど電話が入ったらしく、彼がポケットからスマホを出した。耳に当て、勇輔のそばを離れてゆく。

宇多川が、勇輔に何か話したそうにしている。黙っていろ、と願った。

「宇多川、ちょっと……。尾沢さん、しばらくお待ちください」

玉本が、焦った顔で宇多川を手招き、電話をつづけながら、バンのほうへ走ってゆく。

「これです、これ。達海君の描いた絵です。どうぞご覧になって。あら、お二人は？」

園長が、手に画用紙を持って現れ、辺りを見回した。

「何か急ぎの用らしくて……すぐに戻ってくると思いますけど」

勇輔は、画用紙にクレヨンで描かれた、人の顔らしき絵を受け取った。

「これね、父の日に、お父さんの顔を描いたんです。ほら、後ろをご覧になって」

勇輔は、画用紙の裏を返した。つたない字だが、『おむかえにきて』と書いてある。

「いつも、ママのお迎えだったから、一度はパパにも来てほしかったんでしょうねえ。そんなに慕われていたのに、どうして虐待なんてできるのか……信じられませんよ」

玄関内から、園長先生にお電話です、と呼ぶ声がする。ちょっと失礼します、と園長が勇輔に断り、内側へ引っ込んだ。

入れ替わりのように、宇多川が小走りに戻ってきた。

「勇輔、悪い。ここからタクシーを呼んで、帰ってくれるかな、ほんと悪い」

彼が、一万円札を、勇輔の上着のポケットにねじ込むように入れる。

「警官を殺した男が、銃を盗んで、民家に立てこもってるらしい。急にそっちに呼ばれてさ。きっとまた連絡するよ。放送のことも相談するから。今度新田と一杯やろう」

バンがUターンしてきて、宇多川を乗せ、すぐに走りだした。助手席にいる玉本は、険しい顔つきで電話を掛けており、勇輔とは目も合わさなかった。

勇輔は、絵から受けた動揺を持てあまし、園長への挨拶も忘れて、ふらふらとバンのあとを歩いて、大通りに出た。通りかかったタクシーを呼び止め、最寄り駅まで走らせる。知らない駅だったが、路線図を確かめ、三度乗り換えて、暮らしている町まで帰り着いた。

なじみの駅で降りたものの、アパートへも帰れず、ふだんは素通りする小さな公園に入った。低い滑り台と、砂場だけの公園のために、人気がなく、いまも人けがなかった。

ベンチに腰を下ろし、右手でスマホを操作する。新田からメールが二件、奈桜からも電話が来ていた。奈桜に電話を掛けた。夕食も終わって、晴真はもう寝る頃だろう。

奈桜が出た。おれ、と告げ、あとの言葉がつづかない。どこ、と奈桜が訊く。近く、と答えた。また沈黙のあと、晴真は寝たの、と訊く。まだ、と答えがある。

軽く丸めて左手に持っていた絵を、膝の上で広げる。人の顔がクレヨンで大きく描かれている。裏をあらためて見る。『おむかえにきて』のつたない文字を、指でなぞる。

「別れよう」

思い切って奈桜に告げた。「おれには無理だ……晴真の、父親にはなれない」

「……そう」

奈桜の息づかいと声から、すでにあきらめ、別れを予感していた気配が伝わってくる。

「おれは……人の親になんて、なれない、それがよくわかった……」

絵をまた表に戻す。誰かに似ている、とは、とても言えない稚拙な絵だが、ただ一点、左の目の脇に、赤い色で丸い点が描かれていた。

以前、晴真が勇輔の顔を描いてプレゼントしてくれたときも、左のこめかみのあざを赤い色で強調してあった。子どもの目には、勇輔のあざは特徴的に映るのかもしれない。

暎里は、勇輔の写真を、達海に見せたことがあったのだろうか。新しい父親に叩かれたり、罵られたりしたあと、達海は保育園の絵の時間に、暎里から見せてもらった勇輔の写真を思い出して顔を描き、「おむかえにきて」と、願いを込めて書いたのだろうか……。

真相はわからない。だが、勇輔自身がかつてはそれを願った。

迷子になったとき、早く父に迎えにきてほしいと願っていた。なのに父は来なかった。こっちが追いかけて見つけたとき、父からは本当にほしい言葉をもらえなかった。

「おれは……もともとそういう人間なんだ……きっと、どうしようもない……」

「わかった……でも、このまま消えないでくれる？」

奈桜のため息まじりの声が返ってくる。「お別れを、晴真に言ってほしいの。前の夫は黙っていなくなったから。あの子に、ちゃんと説明していってほしいの」

勇輔は、わかったと答えて、電話を切った。砂場に目がゆく。既視感に襲われた。

そうだった……と思い出す。奈桜たちと一緒に暮らしはじめて、まだ晴真との仲が険悪でなかった頃、奈桜が仕事で、彼が休日のおり、二、三度ここで晴真を遊ばせた。道路沿いで人目があり、小学生以上の子どもが来ることが稀なため、安心して遊ばせられた。

だが幼児の遊びは、砂を積んで山を作り、また崩して山を作る、といった単調な繰り返しで、勇輔はすぐに飽きた。ベンチにいるから、と晴真に告げて、ゲームをして時間をつぶしたが、一度、缶コーヒーが飲みたくなり、晴真にもジュースを買ってやろうと、近くのコンビニに足を運んだ。晴真は砂山作りに夢中だったから、黙って行って戻ることにした。だがレジが混み合い、想定以上に時間がかかった。

公園に戻ると、晴真の姿がなかった。焦って、辺りを懸命に捜した。少し離れた路上で泣いている晴真を見つけたときは、心底ほっとした。そのぶん腹立たしく、バカ、何してんだ、勝手に動くんじゃないよ、と叱った。晴真はびっくりした顔で勇輔を見上げ、さらに高い声で泣いた。確かな記憶ではないが、彼との仲が悪くなったのは、あのとき以降だった気もする。

勇輔は、アパートに着き、奈桜たちの部屋のインターホンを押した。

ドアが開き、奈桜が部屋着で立っていた。奥のリビングに、パジャマ姿の晴真の姿がある。玄関の内側に入って、ドアを閉め、歩くあいだに考えた言い訳を口にする。

「……実は、遠いところに、仕事の都合で行くことになった……で、もうここには、戻ってこない。いろいろあったけど、これで、お別れだ」

笑ってみせようとするが、表情をうまく作れない。二人はただ黙っている。

「服を、持っていくよ。ちょっとだけ上がっていいかな」

奈桜は、無言でからだを後ろに引いた。

勇輔は、左手に持った絵を玄関脇の靴箱の上に置き、奥の寝室の、自分の服をしまってあるクローゼットの前へ進んだ。部屋にはもう晴真のための布団が敷かれている。

気に入りのボストンバッグに、革ジャンや背広の上下、シャツやジーンズを押し込む。あとは下着と靴下も放り込めば、大したものは残っていない。五分程度で自分の荷造りが終わることに呆気なさを感じながら、寝室を出た。

晴真は、リビングの隅に膝を抱えて座っていた。黙ってその横を通り過ぎる。リビングの壁に目が留まった。晴真の描いた勇輔の絵が貼ってある。こめかみの赤い点に目がゆく。

「これ……もらってって、いいかな」

晴真を振り向いて、尋ねた。晴真は、うつろな目で勇輔を見つめ、小さくうなずいた。

勇輔は、両面テープで壁に貼ってある絵を丁寧に剝がし、玄関へ向かった。

奈桜が、もう一枚の絵を持っていた。これは？　と彼女が目で尋ねてくる。

勇輔は、バッグをいったん置き、奈桜の持つ絵の上に、晴真の絵を重ねた。あざの部分が、上下の絵で重なるように見える。何も言えず、奈桜の手から絵を引き取った。

「残ってるものは、面倒だろうけど、捨ててもらえるかな……いろいろありがとう」

靴をはき、バッグを持つ手でドアを開く。大事なことを言い忘れているのに気づいた。

なのに、それを口にすることを躊躇わせる何かがある。言えば、損をしたような気にさせる何か。もしかしたら、父もあのときそう思ったのだろうか。悪いのは自分じゃない、責めるなら別の奴を責めろ……と。だから、勇輔が求めていた言葉を口にしなかったのか。

だが、それは勇輔には関係のないことだ。子どもには関係がない。

勇輔は、臆する心、躊躇わせる何かを断ち切って、振り返った。奈桜の背後に、いつのまにか晴真が立っている。怒っているようでも悲しそうでもなく、不思議そうに勇輔を見つめている。

「晴真……ゆうべはごめんな。あと、少し前だけど……置いてけぼりにして、ごめんよ」

口にしたとたん、もう一人にも、同じことを言わなくてはいけないと思った。

置いてけぼりにして、ごめんよ……。

だが、もう遅い。すべてが遅すぎる。外へ出て、階段を駆け降りた。歩いて、歩いて、また公園の前に来たとき、歩けなくなり、園内のベンチに腰を下ろした。

バッグを下ろし、絵を両手に持った。二人の子どもが描いてくれた勇輔の絵を見る。

二枚の、こめかみの赤い色に目をやる。一枚の絵の裏を返す。『おむかえにきて』という文字が街灯に浮かんで読める。ふと思いつき、もう一枚の絵も試しに裏返した。かつては何も書かれていなかったのに、いつ書いたのだろう、『パパになってね』と読めた。

顔を起こし、無人の砂場に目をやる。晴真が、一心に山を作っては崩し、崩しては作っていた姿を思い返す。母親の面影を横顔に残す達海が、楽しそうな笑みを浮かべて、熱心に砂の山を盛り固めようとしていた写真を思い出す。二人の姿が重なって見えてくる。

二枚の絵を手に、砂場の前まで歩いた。誰かが作りかけて、途中でやめてしまったらしい砂の山がある。あと少しだけ砂を盛れば、きれいな山になりそうなのに……。

砂場を囲んだコンクリートの縁に腰を下ろす。わずかな震動が伝わったのか、砂の山の一部が崩れ、さらさらと砂が流れた。突然、抑えていた感情が喉もとへこみ上げてきた。

いくら待っても、来ない。いくら待ちつづけても、もう来てくれない。駆け寄ってきてくれる自分の子どもは、もういないのだ、ということが、そのとき初めて心の底に落ちた。

いまから帰ります

1

草が飛ぶ。

根もと近くで切断され、宙にはじき飛ばされた雑草が、東からの風に乗って舞い、彼方できらめく波光をさえぎる。

あっちなぁ……。田尾遥也《たおはるや》は、マスクの内側で舌打ちをしながら、アルファベットのUの形をした刈払機《かりはらいき》のハンドルを握り、からだの右から左へ、メインパイプを振って、高速で回転する刃を草に当てた。

頭にはヘルメット、顔を目も含めて透明な面シールドで守り、耳にヘッドホンの形をした防音用イヤーマフ、口と鼻は有害物質を除去する性能があるというマスクで覆い、長袖に長ズボンの灰色の作業服、首にタオル、手には機械の振動の影響を抑える防振《ぼうしん》手袋、腕に防刃用カバー、すねにも強化ポリエチレン製のガードを着け、先端に鉄芯の入った安全靴をはいている。

装備だけで窒息死しそうだった。作業服の下はTシャツと短パンだけだが、背筋や股のあいだに気持ちの悪い汗が流れ、足の指も硬い靴に押さえつけられて不快がつのる。髪が、耳が、背中が、股間がむずがゆい。靴を脱ぎたい。

刈払機を動かしてるときに気を抜くと、草の下に隠れている石や木の根などを見逃し、たとえばキックバックといって、回転している刃が宙に跳ね上げられ、わが身を傷つけるような事故を起こしかねない。だが、こっちのかゆみを我慢していると、あっちもそっちもと次々にかゆくなり、いっそ回転する刃を鉄の入ってる靴の先端に当て、バリバリと振動を与えたいくらいだ。七月中旬でこうなら、気温も湿度もますます上がってゆくこれから先は、マジで死ぬと思う。

刈払機には、飛散防止用のカバーが付いているが、風に乗ったのか、刈った草の切れ端が面シールドに張り付いた。

おっと、ラッキー……。刈りつづけることに問題があるほどではないものの、これ幸いと、機械のスイッチを切り、エンジンを止めた。肩掛けバンドで吊っている刈払機を地面に下ろすと、また付ける面倒があり、左手で支えたまま、右手で先に股間を掻いた。いったん掻くと、もっとかゆくなり、しばらく掻きつづけてから、面シールドに張り付いた草を取り、面シールドを額まで上げた。

いまいる高台から東へ数キロ先に、おだやかな海が広がっている。以前はあったビルも住宅も失せ、残骸もすでに片づけられて、ところどころ雑草の生えた黄褐色の大地が海までつづいている。

この海がなんで……と、つい愚痴を漏らしそうになる。潮の香りが混じっているかどうか、風のにおいも嗅いでみたくなったが、戸外でマスクを外すことは禁じられている。代わりにイヤーマフを首まで下ろし、もしかして遠い波の音が聞こえないかと耳を澄ました。

風が一瞬高く鳴った気がした。目のほんのわずか先を、黒い物体がかすめて過ぎる。反射的に身をのけぞらせる。カラスにしては小さく、蜂や蝶にしては大き過ぎる物体を、目で追いかける。彼が草を刈ったばかりの向かって左手の地面に、薄汚れたコーヒーのボトル缶が転がった。

っの野郎……。思い当たって、ボトル缶が飛んできたほうへ顔を振り向ける。十五メートルほど離れた先に、遥也と同じ格好をした作業員が立っている。

同い年の二十六歳、大学の映研にいた頃からの腐れ縁だ。本名は江《え》藤祥吾《とうしょうご》、大学で当初はショーゴと呼ばれていたが、ピーマンが嫌い、ニンジンが嫌いと、食べ物の好き嫌いが激しく、根拠のないプライドばかりが高くて、つまらないいたずらや嘘を繰り返すところが、小学五年生並みだと誰かが口にし、いつしかショーゴは、小学五年生を呼ぶイントネーションで、小五と呼ばれるようになった。顔立ちはわりと整っているものの、色白の童顔で、大学時代の合コンのおり、ＯＬに中学生と間違われた経験があり、以来、鼻の下に似合わないひげを伸ばしている。

「仕事さぼって、チンコばっかさわってんじゃねーよ、この変態がよー」

面シールドを上げた小五が、エンジンを止めたばかりの刈払機を左手で支え持ち、右手でマスクを少し宙に浮かして、大きく呼びかけてくる。

遥也は、できればマスクを外したくなかったが、仕方なく少し宙に浮かし、

「っせ、ばーか。危ねーだろうが、なんでゴミを拾っとかねーんだよーっ」

刈払機の高速で回転する刃は、空き缶でもペットボトルの類でも、当たった瞬間、たいていは右から左に振るパイプの動きに合わせ、作業者の左手にはじき飛ばしてしまう。思わぬ事故につながる可能性があるので、草を刈る際は、事前のゴミ拾いが欠かせない。

「拾ったよー。知らねーうちに転がってきてたんだろーが、チンカス野郎っ」

いま作業をしている辺りは、もう長く人の出入りはない。ただ以前は近くに民家があり、畑もあったと聞いている。海岸線のゴミが、さえぎるもののなくなった内陸まで、風で運ばれてきた可能性もなくはない。

「よく見てりゃ済む話だろー。次にやったら、これで首はねっぞーっ」

遥也は、止まっている刈払機を顔の前まで持ち上げた。小五は笑って、

「悪くないねー、『悪魔のいけにえ』かー。ありゃ残虐場面がゲージツだってんで、MoMAに永久保存なんだぜ。首をはねんならゲージツ的にやってくれー、レザーフェイスさんよー」

小五が言うのは、ほぼ半世紀前に作られたホラー映画のことで、レザーフェイスと呼ばれる殺人者の凶器は、刈払機ではなくチェーンソーだ。その殺戮シーンの独創性が買われたらしく、ニ

ユーヨーク近代美術館に収蔵されている。小五はエンターテインメント映画全般に詳しく、スマホの着信メロディは映画『大脱走』のマーチだ。遥也は、欧米のアートムービーやサイレント映画が好きで、着メロはゴダール監督、ジョルジュ・ドルリュー作曲の『軽蔑』にしてある。

　小五はわざとボトル缶をはじき飛ばしたのに違いなく、はじき返してやろうかと、遥也は缶の落ちているほうへ歩いた。ゆるい傾斜を下った先の、草を刈ったあとの台地で動く、油圧ショベルのアームが視界に入ってくる。

　その辺りは、遥也と小五が前日に草を刈り取った場所だった。油圧ショベルのバケットと呼ばれる先端の、爪の部分が地面に食い込み、表面の土を削り取ってゆく。バケットの内側に、削ったばかりの土が溜まってゆく。

　オペレーター席では、白いつなぎの作業服に、ヘルメット、ゴーグル、マスクをした班リーダーの李《り》剛士《たけし》、通称リーやんが、レバーを操作している。遠目でも、がっちりした体格のよさが見て取れる。遥也たち二人は、三月にいまの仕事に応募して、彼の班に回された。十歳は年上なのに、気取らない性格で、呼び名はみんなが呼んでるように「リーやん」でいいと言ってくれた。

　リーやんは、油圧ショベルのアームを上げ、九十度ほど回転させて、彼と同様の格好をした作業員二人が立っているところで止める。小柄ながら、姿勢よく足を踏ん張って立っている作業員と、背中を曲げ、いまにも倒れそうで頼りない作業員とが、黒いフレキシブルコンテナ、通称フレコンと呼ばれる大きい袋の口を広げ、バケット内の土が入るのを待っている。バケットが傾けられ、削り取ったばかりの土が、フレコンの中に落ちていく。姿勢のよい作業員が、バケットに残った土を、柄《え》の短い鍬《くわ》を使って袋の中へと掻き出してゆく。

すると、もう一人の頼りなげだった作業員のからだが揺れ、二歩、三歩横によろよろと、その場から離れたかと見ると、いきなり土の上に倒れた。

遥也は、マスクを上げ、首から下げたホイッスルを口にくわえた。思い切り息を吹き込み、リーやんと小五に知らせたあと、緊急離脱装置のピンを抜いて、刈払機をベルトから外し、地面に置いた。

リーやんが油圧ショベルを止める。姿勢のよい作業員が、倒れた作業員のもとに身をかがめる。倒れたのは、姿格好からして、小滝英作《こたきえいさく》、通称「先生」だろう。六十を過ぎていて、元教員、何かのミスで失職し、家族のために、この地域周辺で職を変えながら働きつづけていると、リーやんが教えてくれた。線量計で計られる数値は、労働可能とされる積算基準値をもう超えているはずだが、数値を自分でごまかしたり、人手が欲しい雇用側が見て見ぬふりをしたりして、ずっと働いてきたようだという。ついにその影響が出たのだろうか。

遥也が先生のもとに駆け寄ったとき、姿勢のよい作業員が先生の背中の下に手を差し入れて、膝の上に抱き上げており、

「センセイ、だいじょうぶ？　しっかりして」

と、片言の日本語で呼びかけていた。

彼の胸の名札には、『武《たけ》　文男《ふみお》』と書かれ、周囲も文男と呼んでいる。本名は、ヴァー・ヴァン・ナムだと、遥也たちは本人から教わった。日本のレベルの高い建築設計と施工技術を学ぶために技能実習生として来日したが、建設現場の孫請け会社で休みなく働かされ、何一つ専門的な知識を学べなかったという。給料も、本国のブローカーに渡していると言われ、正当に払ってもらえないまま、暴力も受けたことから、パスポートだけを持って現場から逃げ出した。そのままでは故郷に期待されていた金も送れないため、ツテをたどって同郷の知り合いからこの会社を紹介されて、三週間前から働きはじめていた。

だまされて除染作業に従事する外国人がかつては多くいたと、リーやんが話していた。いまもいるかもしれないが、実数としては減っているらしい。逃げ出して告発されれば、会社は指名業者から外され、つぶれてしまう。雇用条件を良くして、リスクを納得した上で就業を希望する者を、日本人であろうとなかろうと雇用するほうが、長続きすると学んだ会社が、いまは残っているのだという。

文男は、許されている在留期間にはまだ余裕があるものの、彼を受け入れていた企業の申し立てで在留資格を失っている可能性がある。逆に、企業側が自分たちの不正行為の露見を恐れて、彼の失踪を申し立てていない場合も考えられる。ともかく本来であれば、いまの会社は彼を雇わないはずのところを、ちょうど若い作業員が三人一度に辞めて、仕事の進行に支障が出ていたことから、現場の判断という緊急措置で、いまの班に回されてきた。その際、誰の知恵かは明かされなかったが、彼は日本人の名前を記した履歴書を提出したという話だった。

文男が支える腕の中で、先生は意識があるのかないのか判然としないが、首を左右に振り、右手でマスクを外すしぐさを見せる。

「文男、先生にマスクを取らせるなっ」

油圧ショベルを降りてきたリーやんが、マスク越しに声を飛ばす。

文男が、先生の右の手首を握って、マスクを守った。

「テオ、文男と一緒に先生を運んでくれ。おれは近くまで車を持ってくる」

リーやんが遥也に言って、少し離れた先に止めてある大型バンのほうへ駆け出してゆく。

遥也は、高校までは普通に田尾とかハルとか呼ばれていたのに、大学で小五が、ギリシャの天才監督の名前を付けてやる、今日からおまえは田尾じゃないテオだ、と言い、周囲にもそう呼ぶように求めた。うざいから普通に呼べ、と言っても、小五はいつでもどこでもテオと呼び、ここでもそれで通ってしまった。

油圧ショベルで土を削る現場と、外からの道路が切れている場所に止めてあるバンの、ほぼ中間にフレコンの仮置き場がある。いまフレコンは、ざっと二百袋ばかりが置きっ放しとなっている。

その近くに立って警備をしているカスさんが、リーやんが車のほうに向かうおりに事情を話したのだろう、大丈夫っすか、と歩み寄ってきた。太ったからだに、警備会社の制服、その上に薄い合羽まで防護用に羽織り、ヘルメットとマスクも着けているので、だらだらと汗が額から流れ、眼鏡も少し曇っている。高須賀《たかすか》裕也《ゆうや》と言い、四十代半ばに見えるが、実はまだ三十歳だと聞いた。リーやんの班と組むことが多く、カスさんと呼ばれていた。

文男が先生の上半身を、遥也とカスさんが先生の腰の両側に立って下半身を持ち、車まで運んだ。リーやんが、車をバックさせて、フレコンの仮置き場を過ぎた辺りまで近づけてくれたおかげで、十五メートルくらい運ぶだけですんだ。

一番後ろのシートを倒してベッド状にして、先生を寝かせる。カスさんが外へ出て、ドアを閉め、外の空気がひとまず遮断されたため、遥也は先生のヘルメットとゴーグルを取り、文男が先生のマスクを外してやった。

「先生、大丈夫か？　しっかりしなよ」

「センセイ、センセイ」

遥也と文男も、自分のヘルメットと、面シールドあるいはゴーグル、マスクを外しながら、声をかけた。運転席に座ったリーやんが、これを飲ませろ、と、遥也にペットボトルのスポーツドリンクを差し出す。

「先生、飲んで。水分、ちょっとでも摂りなよ」

遥也が、ペットボトルを先生の口もとに運ぶ。声が聞こえたのか、先生が唇をわずかに上に向ける。遥也がペットボトルを傾けると、先生は喉を鳴らしてスポーツドリンクを少しずつ飲んだ。

リーやんが、新しいタオルを水筒の水で濡らし、車内で軽くしぼって、

「文男、先生の顔を拭いてやれ」

と差し出す。文男は、濡れタオルで先生の額から頬を拭いてやり、縦長にたたんで、太い血管の通っている首筋のところに当てた。

ペットボトルから口を離した先生が、生き返ったかのようなため息をつく。

「……熱中症か？」

リーやんが遥也に訊いた。そうであってほしい期待が声にこもっている。

「たぶん……小便が近いからって、仕事前も水を摂ろうとしてなかったから」

「んだよぉ、あんだけ水分補給には気ぃつけるように言ってんのに……」

リーやんがぼやいたとき、助手席側の窓がノックされた。

小五が面シールドを上げ、外に立っている。リーやんが、舌打ちをして、窓ガラスを下ろした。

小五は、マスクを外して車内を見回し、

「どしたの、先生、なんで倒れたの？　とうとう全身に汚染が回った？」

「つまんねえこと言うなバカ、熱中症だ、いいから外ではマスクをしてろ」

リーやんが荒い調子で答える。

「えー、みんなだって、マスクを外してるじゃないっすか」

「おまえがしつこく窓を叩くから開けただけだろ。閉めるぞ」

リーやんが、窓ガラスを上げていく。あ、いや、ちょっと待って……と、小五は窓をなお叩くが、締め切られたため、慌ててマスクを上げた。

2

先生の意識はほどなく戻った。彼は頭痛も吐き気もないというので、しばらくそのまま様子を見るあいだ、ほかの者たちは三十分の休憩を取ることになった。

リーやんは運転席でハンドルにもたれて仮眠を取り、カスさんもヘルメットとマスクを取って、助手席で目を閉じている。遥也と文男は小用のために外に出て、小五はあとでするからと言って、真ん中のシートでゲームを始めた。

遥也は、手袋やすねガードなどの装備も外し、マスクだけをして、フレコンの山を壁にして、彼方の海を眺めながら、用を足した。

付近に建造物も樹木もないため、陰になるものがフレコンしかない。少人数の班ごとで行う作業の現場はあちこちに分散し、ポータブルトイレの数が限られているため、立小便を会社側も黙認している。線量の高い場所で働く作業員は、指のあいだから少しだけ先を出すようにして用を済ませ、それもリスクと考える者は、先生のように水分の摂取を控え、結果として熱中症で倒れることもある。

終わって、ぼんやり海を眺めていると、

「テオさん、うみ、よく、みています」

少し離れたところに立っている文男が声をかけてきた。周囲が静かなので、マスク越しでも、近い距離なら会話はできる。

「うみ、きれい、ですね」

「いまはな……でも、ときには怖いことをするよ。文男の国は、海はあるの？」

「はい。わたしのまち、うみ、とても、きれいです」

「へえ、自慢の海ってわけだ、いいね」

「あの……このまま、だいじょうぶ、ですか？」

文男のマスクで隠されていない眉のあたりが曇っている。何のことかと、目で問う遥也に、文男は背後のフレコンの山を振り返った。

「ずっと、おいています……ふくろ、やぶれない、ですか」

幾つかのフレコンは表面が泥に汚れ、皺もひどく寄っている。

「破れない、漏れない、ぜーったいに」

遥也はあえて断言調で答えた。黒い山を眺め渡し、

「仮置き場で、なが一いあいだ雨や風に打たせてから運び出して、でっかい穴にフレコンから土

を出して埋めて、三十年経ったらその土を掘り出して、またどっかへ運んでく、って決まりだ。そんなことしてもぜーったい安心安全、問題なし……ただし科学的データはない。誰も試したことはないんだから、あるわけない。けど、そういうことになってるんだ」

「……なぜ、ですか」

「何が」

「はこぶ、うめる、たいへんです。なぜ、また、ほりだします？」

「……投票率から計算すりゃ、有権者のだいたい三分の一、いや四分の一程度かな、そのくらいの人に選ばれた代表者たちが、次にどこへ持っていくかは決めないまま、約束したからだろ。とにかく、なぜ、はないんだ、ここではね。文男の国は知らないけど、この国じゃ、ずーっと昔から、代表者たちが決めたことを、なぜ、ってマスコミは追及しちゃいけないし、国民もそれを疑っちゃいけなくて……データも書類もなくたって、信じなきゃいけない、ってのが常識なんだ。その常識のせいで、おれたちのこの仕事もある、って言えるのかもしれない」

遥也は、答えていて自分で嫌気がさし、文男のさらなる質問から逃れるために、フレコンの壁を回って、日陰に腰を下ろした。海に向かって座ることになった。遠く視線の先で、水平に伸びる光の帯がふるえている。

なぜ……。穏やかな海を見るたび、疑問が湧いてくる。なぜ、この辺りでなきゃいけなかったのか。なぜ、あれほど多くを奪わなきゃいけなかったのか。

文男の姿は見えなくなっていたから、遥也は作業服のファスナーを少し下ろし、内ポケットのボタンを外して、一冊の手帳を引き抜いた。水や汗に濡れても平気なように、チャック付きの収納パックに入れてある。

パックから手帳を出し、とある高校の名前と『生徒手帳』と記されている表紙を開く。開いてすぐのページに、ショートカットの少女の写真が貼ってある。聡明そうな目と、引き結んだ綺麗な唇、その右斜め下にあるホクロが印象的だ。三センチ四方程度の写真には、シミがところどころあり、一部が脱色している。写真の下に『1』と数字が書き込まれている。この高校の一年だということを表している。次の欄の何組にあたるのかは、シミによって読めない。

氏名を書き込む欄も、苗字にあたる辺りは同じく読めない。だが名前にあたるところに『愛海』という字が読み取れる。習字教室ででも習ったような美しく整った字だ。線が繊細で、とめはねには柔らかさが感じられる。

「ヴァンちゃんさぁ、よかったらおれたちに投資しない？」

フレコンの壁で死角になった場所から声がする。ヴァン・ナムのことを文男と呼ばないのは、小五だけだ。

「おれとテオが、何でこんな仕事をしてると思う？　映画だよ。ムービー。ベトナムはフランスに支配されてたっけ。シネマね。ベトナムウォーのシネマ、あるでしょ、ディア・ハンター、アポカリプス・ナウ、フルメタル・ジャケット」

ああ、と文男がわかったらしく返事をする。

「おれがプロデューサー、テオが監督ね。二人で映画作りのために働いてんの」

「なに、えいが、つくります？」

「この辺一帯がこんな状態になっちまったことの映画だよ。おれは東京生まれだけど、テオはこより少し北の街に生まれて、被災もしたから、ずっと映画にしたかったんだと。で、おれが手伝ってやることにして、資金作りと、どういう話にするかの取材をかねて、この仕事に応募したわけさ」

「小五、いい加減なことを言うのはやめろ」

遥也は、手帳を元に戻したあと、我慢しきれなくなって声を上げた。

死角になった場所から、小五と文男が顔を見せる。

「おまえは借金で首が回らなくて、おれについてきただけじゃねーか」

「違うね。あの日に起きたことを映画に撮りてー、これ以上作り笑いで車なんて売ってらんねーって、酔って泣くのを、よし、だったら会社勤めなんかもう辞めろ、んでもって金だ取材だって、おれがこの仕事を見つけてやったんだろ」

「いろんな事情を勝手にはしょって、他人に話すなって言ってんだよ」

「他人じゃねえ、一緒に働く同僚だ。話して何が悪い、何を逃げてんだよ」

さすがにかっとなり、遥也は立って、小五と向かい合った。

「勝手なことを話すなってのが、なんで逃げてることになんだよ」

小五は、せせら笑って、遥也の胸を人差し指で突く。

「他人《ひと》の目に自分がどう映るかびくびくして、薄っぺらな人間だと正直に話せば済むことも、カッコつけてごまかすからさ。だから海やら森やら自然を撮る才能はあっても、ドラマが作れねえんだ」

遥也は、相手の指を平手ではたくように払い、

「おまえに言われたくねーよ。親のコネで入った会社で喧嘩沙汰。バイト先でもいつでも揉めて、競馬に競艇、とうとうケツに火がついて、逃げるようについてきたんだろーが」

「わかってねーな。会社を辞めたのもギャンブルも、映画を作る夢のためだろーが。玉無しのおまえを一人前にするために、将来の安定も火のついたケツも賭けてんだよ」

小五は、おろおろと成り行きを見守っていた文男の肩に腕を回し、

「な、ヴァンちゃん、低予算でもヒットすりゃ、ハリウッドにリメイク権を売ってウハウハさ。そうだ、出資してくれたら映画にも出してあげるよ。テオが、いい役、考えるからさ」

「だまされんなよ、文男。こいつの酒と外れ馬券に消えちまうだけだ」

遥也が文男に言ったと同時に、車のクラクションが響いた。休憩時間の終わりを、リーやんが知らせているらしい。

「あ、おれ、まだ小便してなかったわ」

小五が、その場で作業ズボンのチャックを下ろそうとする。

「バカ、人に向かってするやつがあるか」

遥也は慌てて飛びのき、文男と並んでバンに向かって歩いた。

「テオさん、ショーゴさん、なか、いいですね」

文男が隣から話しかけてきて、遥也は驚いた。

「いまの見てなかったのか？　つきまとわれて迷惑してんだ」

「テオさん、うみ、よくみる……えいがの、ため？」

「いや、そういうわけじゃ……森だって見るしさ。ここらの森も、もとはいい森なんだ。汚されちまったけど、見た目はきれいなままだろ」

「テオさん……ベトナムウォー、しってますか？」

文男の声がやや低くなった。彼の正確な年齢を、遥也は聞いていない。年齢の読み取りにくい顔立ちだから、年下だと思っていても、意外に遥也たちと同じくらいかもしれない。

「ベトナム戦争か……生まれたときには終わってたし、映画でしか知らないな。小五が言ってたような映画でだけ」

「ディフォーリアント、しってます？」

「いや……映画のタイトルか？」

「もり、ころす……カントリー、よごす、くすり……ダイオキシン……」

ああ、と遥也はうなずいた。そうした森を枯らす薬のことは聞いた覚えがある。枯葉剤だったか……戦争当時、森にまかれ、木々も草も枯れて、土壌は汚染され、長い期間にわたって人体にも悪い影響を及ぼしたという話だったような……。

「その、ディフォーリアント？　枯葉剤だっけ……どうかしたの？」

遥也は文男の顔をうかがった。相手は潤んだような目を伏せ、首を横に振る。

「もり、かれる、カントリー、よごれる、たいへん……きれい、もどる、むずかしい……じかん、とても、かかります」

文男の言葉は深い響きを持っていた。

遥也は、うまく答えられそうになく、

「……文男は、いつか帰るんだよね、ふるさと、ユア・カントリー」

話を少しずらして尋ねた。

「はい……かえります」

「いつ帰るか、もう決めてるの？」

文男が、少し迷ったあと何かを答えようとしたところで、車の前に着き、話はそのままとなった。

3

先生は車内で休ませ、残る人間でもうしばらく作業をつづけることになった。小五が、先生の代わりに文男と組んで、リーやんの削った土をフレコンで受ける仕事に回った。

「みんな、水分を摂ったな。作業が遅いのは、丁寧にやったからだと言い訳が立つが、倒れちまったら、会社の管理問題になって、上との契約を切られちまうかもしれない。一、二時間で切り上げる予定だ。そしたら明日は休みだ、ゆっくり寝るも良し、街にくり出すも良し。とにかく気を引き締めて……ご安全にっ」

リーやんの声に応えて、

「ご安全にっ」

全員がそろって声を返した。

遥也は、一人で対応できると判断した区画の草を刈り、ブロアーと呼ばれる送風機で刈った草や落ちた葉を集め、熊手を使ってフレコンに詰めていった。八分目まで詰まったところで、ロープをしっかりと引き、袋の口を締める。

中身が土だと、人力では上がらず、油圧ショベルで仮置き場まで運んでいかなければならない。

草や葉であれば、用意してあった台車にのせて、草木専用のフレコン仮置き場に運ぶことができる。

遥也は、仕事を進めながら、文男のような存在を映画に登場させるアイデアについて考えてみた。小五の思いつきはとっさに否定したが……異国から来日して、除染作業にたずさわっている青年というキャラは、採り入れても悪くない気がする。彼の故郷もまた、戦争のときに汚染され、長年その影響に苦しみつづけてきたという背景は、うまく描ければ面白くなるだろう。だが……文男とあいさつ以上の話をしたのは、今日を入れても二、三度で、内面まで踏み込んだ話はしたことがなく、どうストーリーに仕立てればいいのか思いつかない。

胸のポケットにしまっている生徒手帳の少女と同じだった。

映画ファンだった叔父の影響もあって、中学の頃から本格的に映画にはまり、大学時代には小五たちとドキュメンタリータッチの短編映画を三本作った。過疎地や公害に苛まれた土地を巡り、自然の厳しさ淋しさ美しさを切り取った映像は、当時の学生たちのあいだで評判となり、才能を認める人も少なくなく、自分でもいずれプロになれればと思っていた。だが業界へのコネはなく、才能を試す機会も訪れないまま、健康に不安を抱える両親の願いもあって、東京の一般企業に就職した。一年二年と仕事に流されてゆく日々を意識しながら、それでもなお高校時代に体験した震災のことを映画にしたいという夢は抱えつづけていた。

その映画の中心に、生徒手帳の少女を据えられないかと考えていた。だが、彼女のことは……

小さな顔写真と下の名前、ある高校の一年生であったこと、そして手帳内に記されていた幾つかの文章から読み取ることのできた、独特な感性の一端しか知らない。

彼女に心を寄せるには、それでも十分だったが、生きている存在として表現するには、あまりに心もとなく、想いばかりが先行して、小五に指摘された通り、シナリオはいまだに白紙のままだった。

一時間あまりで、ホイッスルの音が聞こえた。緊急時の吹き方ではなく、三度短く吹く、仕事の終わりを告げる合図だった。腕時計で時間を確かめる。午後三時。先生のことも考えての、リーやんの判断だろう。会社側も事故を恐れて、班リーダーが独自の判断で早めに切り上げても、さほど文句は言わなかった。

休み明けの明後日に同じ作業をつづけるので、各自がそのことを考慮して片付けにかかる。リーやんは、デジタルカメラで自分の持ち場と、遥也たちが担当した場所、フレコンの仮置き場を撮影した。仕事前に撮影した写真と比較すれば、進捗状況を的確に報告できる。

カスさんは警備会社からの派遣で、契約先が違うため、作業に手を出すことは禁じられている。それでも同じ現場がつづいて親しくなっていることもあり、仕事が終わった後の片付けには、ときおり手を貸してくれる。今日は先生がやるべきだった片付けを、少し手伝ってくれた。

車のところまで、五人がそれぞれ道具や機械を手にさげて戻り、

「みんな、いつも通りに服を払え……互いに後ろをやり合えよ」

リーやんの指示で、個々が、作業服の肩から足まで土ぼこりを払い落とす要領で、手袋をした手で払ってゆく。リーやんと小五とカスさんが組になり、遥也は文男と組になって、互いの背中から尻、ふくらはぎの辺りを払った。

使った機械や道具をバンの後ろの荷室《にしつ》に放り込む。ヘルメット、ゴーグル、面シールド、手袋、腕のカバー、すねガード、刈払機用の肩掛けバンド、ホイッスルなどは、個別のケースに収める。首から下げた線量計と、マスクはまだ着けたままで全員が車に乗り、ドアを閉めたところで、ほぼ一斉にマスクを外した。ああーっと、全員が大きくため息を漏らす。

「みんな、今日はすまなかったな。暑さには慣れてるつもりで、つい甘く見ちまった」

先生が、調子が少しよくなったのだろう、一番後ろのシートを起こして、座ったまま頭を下げる。

「気にすることないですよ。それより、気象条件も体調もつねに変化してんですから、今後は水分補給、十分にお願いしますよ」

リーやんが運転席から言う。助手席のカスさんの後ろの席に座った小五が、

「このあと街にくり出して、おチャケとラブジュースの補給、十分にお願いされますよーっ」

と声を上げた。すかさずリーやんが、

「ばかな補給をする金があるなら、とっととおれに返せ」

と、たしなめる口調で言い、自分の首から下げた線量計の数字を読み取って、シートに書き入

れた。

そのシートが、後ろの席に座った遥也に渡される。遥也は自分の線量計を確かめ、シートに数字を書き入れて、小五に渡した。小五の次に文男が書き入れ、先生の分も文男が書き入れたところで、リーやんが車を出した。

無人の町をしばらく走っていく。道の両側に壊れていないブロック塀や、活き活きとした植栽や生け垣が見え、その奥には外から見るかぎり、どこにも損傷のない民家が見えてくる。広い敷地を持つ立派な構えの住宅も少なくない。だが、どの家の玄関ドアも窓も締め切られ、人の気配はなかった。

ほどなくバンは、いまいる地域への出入りをチェックするゲートの前に出た。カスさんと同じ会社の警備員が、こちらの合図を受けて、ゲートを開いてくれる。

一般道に出て、リーやんがスピードを上げる。誰もが仕事よりも暑さにやられて、口をきかない。ふだんはおしゃべりの小五でさえ、シートにもたれて目を閉じている。リーやんは、さすがに慣れていることもあってタフに運転をこなし、やがて道路沿いにある元結婚式場の大きな駐車場に車を入れた。

電力会社から派遣されている職員が、車から降りた全員のからだに表面汚染検査計のセンサーを近づけ、基準を超える数値が出ないか確かめてゆく。

一方で、車も検査を受ける。基準値を超えれば、別の施設であらためて除染をする必要があるが、人も車も幸いに基準値内だった。

4

警備員の宿舎前でカスさんを降ろしたあと、車はさらに一キロほど進み、脇道へ入っていった。すぐに西洋の城を模したビルに突き当たり、その前に広がる屋外駐車場で止まった。

五人は車を降り、使った機器や道具を荷室から下ろしてゆく。遥也は、小五とともに刈払機とブロアーのメンテナンスをおこない、すぐにまた使えるようにしておく。先生は、もう大丈夫だからと、全員の使った作業服を屋外の洗濯機の前に置かれた洗濯かごへと運んだ。文男は、ヘルメットやゴーグルなどの濡れても平気な装具を入れたケースを、駐車場奥の倉庫まで一つ一つ運び、リーやんが水道の蛇口につなげたホースから水を出して、それらを洗った。

かつてこの建物は、街道沿いに暮らすカップルや夫婦が週末などに利用する、ほとんど廃業寸前のモーテルだった。地震と津波と、それにつづく爆発事故の被害から地域を復興させるために、多くの労働力が必要になったとき、作業員用の宿舎として、大手の会社と契約する下請け会社が借り上げた。

部屋は、一階と二階合わせて十部屋。働きはじめて間もない者は、補助ベッドを入れた三人または四人部屋に入り、重機やトラックの運転免許などの資格を持つ者や、就業期間が長い者には、二人部屋が割り当てられる。遥也と小五と文男は三人部屋、先生とリーやんは二人部屋だった。全体でいま二十七人の作業員が生活しており、五人から六人の五班に分けられ、管理部で決められた場所で作業にあたっている。

片付けがひととおり終わったところで、リーやんが手を叩いて、ほかの四人の注目を集めた。

「おーし、ご苦労さーん。ここに線量計、入れてくれ」

リーやんが小さなかごを回し、全員が首から線量計を外して、入れてゆく。それぞれ番号によって、誰のものかわかるようになっている。

「今日もひとまず安全に作業を終えられて、何よりだった。先生だけでなく、全員が注意して水分をしっかり摂ること。あと、体調が悪いもんは我慢せずに申し出ること」

「あ、じゃあおれ、いつも体調悪いの、我慢してんす」

小五が軽口をはさむ。

「こっちはおまえの働きの悪さを我慢してんだ。人手不足だからってなめてたら、すぐに文男たちに職を奪われっぞ」

「ヴァンちゃんたちが、喜んでこんなとこ来るわけないっしょ、な？」

話を振られて、文男が困ったような顔で、小五とリーやんを交互に見た。

「武か文男と呼ぶようにと教えたろ。誰が聞いてるか、わからねえんだ。安全のためにも、指示には従え。じゃあ、街に出る奴は、シャワーを浴びて、三十分後に一階ロビーに集合な。課長に、街まで送ってもらえる約束だから」

小五が、来たよ来たよ、と揉み手をして、

「先生も、街へ行くっしょ。朝まで飲む約束だったもんね」

だが先生は、今日は大事を取って部屋で休む、と答えた。

「えー、班長は付き合ってくれるでしょーね？」

「おれは、前々から女房との約束があるんだ」

小五の誘いを、リーやんがいなす。

「あれ？　班長、離婚したって、前に話してなかったっけ？」

「大事なことはザルのくせに、つまらんことは覚えてんだな……別れた女房と約束があんだ」

リーやんはわずかに顔をしかめて答える。

小五が、ぽんと手を叩いて、リーやんを指差し、

「わかった、養育費だ。払ってないんでしょ。前の奥さんの取り立て？」

「人を指差すんじゃねえ。まあ、そんなところだ……街までは一緒に出るよ」

「だったらヴァンちゃん、じゃない、文男くんも、一緒に行こうぜ」

「わたし、おかね、ないです……」

文男が首を横に振る。

「んだよぉ、たまにはパーッと騒ごうぜ。せっかく海を渡ってきたんだ、日本のおねーちゃんとイイコトしてけよ。ガチな口説き方、教えっから」

「よせよ。おまえに教えられるのは、ガチな振られ方と、外れ馬券の買い方くらいだろ」

遥也は、小五と文男のあいだにからだを入れ、文男を前に押し立てるようにして歩いた。

玄関の自動ドアが開き、リーやんが、ただいまー、と奥に声をかけ、先生、文男、遥也、小五と、やはり声をかけて中へ入ってゆく。

「はいはい、おかえり、おかえり。ご苦労様でした」

玄関脇の事務室から、古いモーテルの制服を着た、六十代だろう、人のよさそうな女性が現れ、すり切れた絨毯が敷かれたロビーで男たちを迎えた。

「今日もまた暑かったからねぇ、大変だったでしょう」

モーテルのオーナーの母親で、作業員たちの朝食の用意やら服のボタン付けやら、こまかな世話をいろいろと焼いてくれて、笹木《ささき》のおばちゃん、あるいはただ、おばちゃん、と作業員たちからは親しみを込めて呼ばれている。

「この国の未来は、あなたたちの働きにかかってんだもの、有難いことよねぇ」

「おばちゃんだけだよ、そう言ってくれんのは。はい、今日の記録」

リーやんが、カメラと線量計の入ったかごと、各自の線量計の数値を書き入れたシートとを、おばちゃんに渡す。

「さあて、くり出そうぜ。キンキンに冷えたビールと、キンキンまで響く柔らかい肌が、待ってくれちゃってんよー」

小五が、リーやんを追い抜いて、部屋のある二階へ上がっていこうとしたところで、

「あら、ちょっと、そのことなんだけど、待ってくれる？　困ったことになって……」

おばちゃんが小五を止め、悲しげな目でリーやんを見る。

「あー、笹木さん。いい、いい、わたしが話すから」

開いている事務室のドアから、髪の毛の薄い小太りの男が、スマホを耳に当てたままで出てきた。はい、いま、そのことで、はい、承知しています、いま、本人たちと……と、電話の相手と話しながら、ロビーの隅に置いてあるソファセットに座るよう、リーやんたちを促す。塚元《つかもと》という会社の管理部の課長で、現場における作業員のスケジュールや健康の管理責任者だった。

リーやんと先生がソファに座り、遥也と小五と文男はその後ろに立った。

塚元は、電話を切って、愛想笑いを浮かべ、向かいのソファに腰を下ろした。

「今日も一日、ありがとうございました。みなさんの頑張りのおかげで、わが社はもちろん、この地域も、復興、発展してまいります。どなたも怪我なく、また調子を崩されるようなこともなく、ですかね？」

「はい」

リーやんが答えた。先生のことを告げても、面倒な説明を繰り返すだけとわかっているので、

黙っておくことにしたらしい。先生もじっとうつむいている。

「でですね、本来この第三班は明日はお休みですが、緊急事態が発生いたしまして……と申すのも、第一班、第二班の方々に、健康被害が出ました」

「健康被害?」

リーやんだけでなく、小五も大きく声を発した。

「食中毒です。第三班の皆さんは、昼食は現場に直近のコンビニでお好みのものを購入されたはずですが、両班は、現場近くに温かくておいしいと評判のお弁当屋があったものですから、この一週間ほど弁当を注文しておりました。どうもその弁当の中の何かに、あたったのだろうと。いまはまだ保健所で原因を調べておりますが、両班合わせて十一名全員がおう吐や腹痛下痢などの体調不良を起こし、病院で診察を受け、うち三名が入院となりました。比較的軽症の八名も、院内でまだ経過観察の状態です」

先生が顔を起こし、リーやんもわずかに先生のほうに首を振り向けた。うちも下手をすれば病院沙汰だったと、あらためて安堵の息をついているのだろう。

「やべーっすね。死んじゃう可能性とかも、あんですか?」

小五が深く考えもしない口調で訊く。

塚元はうるさそうに顔をゆがめた。

「いや、まさか。全員命に別条はありませんよ。ただ個々の体力や抵抗力やらに差があるので、ひどい者は三、四日は入院の可能性、と聞いています」

「そりゃ大変だ。知ってる奴らばかりだから、気をつけてやってください」

リーやんが頭を小さく垂れて言う。

「ありがとうございます。会社としてもしっかりケアしてまいります。当然ながら両班とも、明日以降の仕事の目途が立ちません。でですね……間の悪いことに、両班の受け持ち現場が、明日、契約先の視察を受けることになっておりました」

え、と、さすがに遥也も、小五、リーやん、先生とともに声を発した。文男は話が理解できていない様子で、周りの人々をもの問いたげに見ている。

「第四班は、もともと明日も仕事でしたので、第一班の受け持ち現場への派遣を承知してくれました。なので大変申し訳ないのですが、場合が場合でございます、第三班には、第二班の受け持ち現場へ、明日、出ていただけませんでしょうか。この通り、お願いいたします」

塚元は、前のテーブルに額がつくほど頭を下げた。

「いやー、そりゃーないっすよ。どんだけ明日の休みを楽しみにしてたか」

小五が真っ先に声を上げた。遥也も黙っていられず、

「事情はわかりますけど、今夜は街で大事な用があって、外せないんです」

と、塚元に申し出た。

「ああ、わたしも今夜、街で人と会う約束がありまして、東京から相手は出てくるもんで、延期

というわけにはいかないんですよ」

リーやんが、まいったなぁ、と言いたげに首を振る。

「そうだ、文男くんもですよ。一緒に街に出る約束なんです。この仲間と働くのは楽しいなぁって思ってもらわないと、きつい仕事はつづかないでしょ」

小五が、文男の両肩に隣から手を置いて言う。文男は話がわかっていないから、戸惑いの表情で、小五を振り返り、また塚元のほうを見る。

「視察のほうを延期できないんですか、まさに事情が事情でしょう」

リーやんが言う。塚元は、大きく息をついて、額の汗を手のひらでぬぐい、

「除染対策課の担当者が案内するかたちで、複数の県議会議員も一緒なんです。うちの上の者は、今回の食中毒が弊社の管理不足と捉えられて、以後の契約に悪影響を及ぼす可能性を恐れています。競合する会社は結構ありますから……ご理解いただけませんか」

「無理っすよ、んな急に。なあ、テオ？　今夜だけだもんな」

小五が、遥也に目配せをして言う。

今夜は街で、遥也が高校の頃から観たいと切望していたクラシック映画の特別上映会がある。東京でも観る機会がなかった作品二本に、アコーディオンとギターの生演奏がつく。ネットで情報を知って驚き、休みをもらっても行くつもりだったが、幸い七時半からの開始なので、仕事終わりでも間に合う。ただ終了予定時間が九時四十五分のため、ネットカフェにでも泊まるつもり

でいた。

「あのう、皆さんのご用事は、今夜であって、明日ではないわけですよね」

塚元が言う。一人一人を見ながら、頭を働かせている様子で、

「でしたら、今夜遅くにでもよいので、帰ってきていただけませんか」

「いやあ、無理無理。今夜はオールっすから。豪華なお持ち帰りも、予定に入ってるんで」

小五がにやけた顔の前で手を横に振る。リーやんも首をひねり、

「わたしも泊まる予定なもので。ホテルをもう取ってありますし」

え、と遥也と小五は顔を見合わせた。別れた奥さんと会うのに、ホテルって……？

「じゃじゃ、どうでしょう。朝の六時、うちの関連会社のマイクロバスが、市政ビル裏手の駐車場から出るのを、李さん、知ってますよね。街に生活拠点のある作業員たちを、フクイチに運びます。そのバスに乗って、帰ってきてくれませんか。席はあるし、運転手に伝えておきます。渋滞を見越しても、八時前にはここへ戻ってこれましょう。視察は十時半予定なので、間に合います。どうかそれで。むろん休日出勤手当が出ますが、今回はさらに特別手当も出しますので」

リーやんは、短く刈った髪を掻き、先生や後ろの三人を振り返った。小五も口を閉ざしている。誰もが金は欲しい。そのためにいまの仕事についている。

「特別手当って……実際いくら出してくれるんです？　あとで話が違うと誰かが文句を言えば、現場の士気にかかわるので、具体的に聞かせてくれますか」

リーやんは、現場の仕事が長く、条件面での格差と闘ってきた経験も豊富のため、事務方との交渉事においても、作業員たちから頼りにされていた。

塚元が提示した金額に、リーやんは首をひねって、

「それだけじゃあ、命懸けで働いてるこいつらに、無理を頼めませんよ」

と、上乗せを要求し、塚元がしぶしぶ呑んだ額で、全員が了解した。ただし、事前に約束していた街までの車は、病院へ運ばれた作業員への対応のために出せなくなったという。

だったらと、笹木のおばちゃんが、知り合いのタクシーを呼んであげると言ってくれて、塚元がその代金も持つことで折り合いがついた。

5

遥也は、ジーンズに青いYシャツ、夏でも夜は冷えるので薄いジャケットに着替えた。小五は、黒のパンツにTシャツ、薄い革ジャケを羽織り、ジーンズにTシャツに着替えた文男に、薄手のパーカーを貸した。リーやんは、背広に白のYシャツ、ネクタイこそしていないが、革靴をはいて、ロビーに下りてきた。

文男は、一緒に街に出る理由がわからないため、ずっとためらっていたが、

「街での息抜きをヴァンちゃんも楽しみにしてた、って言ったんで、塚ポンも特別手当をアップしたんだ。一緒に行かないと、お金、ダウンしちゃうぞ」

と、小五が得意の嘘を並べて文男を説得した。それでもためらう彼を、

「ま、たまにはいいだろ。文男は見た目、日本人と変わらねえから、誰も何も言ってきやしねえよ。うまいベトナム料理の店を知ってるから、おごってやる」

と、リーやんが誘った。

ただし、リーやんは六時半には元奥さんと約束があるので、あとの面倒は遥也と小五がみなければいけない。さすがに文男を一人にはできないので、遥也が映画の上映会に行ってるあいだ、小五が文男の相手をして、そのあとは遥也が引き受け、一緒にネットカフェに泊まるということになった。

タクシーはすでに宿舎の前に止まっていた。運転手は、笹木のおばちゃんと同年代の、痩せ気味の優しい顔立ちをした女性だった。助手席にリーやんが、後部席の奥に遥也、中央に文男、手前に小五が乗った。

「あら、李さんじゃない」

助手席のリーやんを見て、女性運転手が懐かしそうに呼びかけた。車内のネームプレートには、『星嶋惇子』とある。

「お久しぶりです。おれは外から見てすぐに星嶋《ほしじま》さんてわかったけど、覚えてるかどうか、わか

んなかったんで……」

　リーやんが気さくに答える。

「何よぉ、水くさい。覚えてますよぉ。街でいいのよね？」

　星嶋さんが確認して車を出し、見送りに出ている塚元と、手を振る笹木のおばちゃんに軽く頭を下げた。塚元が車に向けて拝むような仕草を見せるので、小五が窓を下ろし、ノープロブレームと叫んで、親指を立てて見せた。

　道路に出て、タクシーがスピードを上げたところで、

「星嶋さん、笹木のおばちゃんと、知り合いだったんだね」

　リーやんが訊いた。星嶋さんは前を向いたまま、

「そうなの。あの日、波にさらわれて、なくなっちゃった町の、ご近所さん。うちは仮設……笹木さんは、息子さんのやってるあのモーテルに移ったの。しばらくは互いに連絡する気も失せてたけど、わたしがタクシードライバーをやることに決めたあと、連絡してね。それから、ときどきお客さんを紹介してくれてるの。李さんは、いま笹木さんとこで生活しながら、働いてるわけ？　フクイチは？」

「数値が、わりといったから、難しくなってね……あそこは基準が厳しいから。で、少し時間を置いて、別の現場に出て、いまはあのモーテルを宿舎に、除染の仕事」

「あのぉ、お二人は、前からの知り合いだった、ってことですか」

二人の会話を聞いていた小五が、好奇心を刺激されたらしく、割って入った。

「ああ。フクイチにいた頃、休みで街に出るときに乗せてもらったんだ」

リーやんが答えると、

「違うの。乗せてくれたのは、実際は李さんなのよね」

星嶋さんが言う。「わたしが運転中、急に具合が悪くなっちゃって、困ってたら、助手席にいた李さんが、内緒で、運転を代わってくれたの……そのときも、今日みたいにほかに三人乗ってたのね。李さんは、三人を街で降ろして、わたしをそのまま病院まで連れてってくれたの。体に異状はなく、睡眠不足と精神的なストレスが重なったのかな、点滴を打ってもらって横になるうち、落ち着いたのはよかったんだけど……夫が来るまで、李さん、お休みなのに、そばにいてくれて……あのとき、いろいろな話をしたよね」

星嶋さんが、懐かしそうにリーやんのほうに視線を送る。

「そうでしたね」

と、リーやんが笑う。

「運転だけじゃなくて、無線も使い慣れててね。会社に連絡して、夫を呼んでくれたし、病院までタクシーを引き取りに、別のドライバーまで手配してくれて……聞いたら、神奈川のほうでタクシーの運転手、してたのよね」

「マジっすか」

小五が話を取るように訊いた。リーやんは笑って答えなかった。

「なぜタクシーをやめて、こっちで働いてるのか……その理由も聞いたよね」

「あ、いや、こいつらにはそのへんのことは、何も話してないんで……」

リーやんが、星嶋さんの話をさえぎるように言う。

「あら、どうして。わたし、感動したのよ。このお兄ちゃんたち、李さんの下で働いてるんでしょ。ボスがどういう人か、わかってたほうがいいんじゃない？」

「あ、何かワケアリですか。ボスのこと尊敬してんで、聞かせてほしいっす」

「嘘つけ、指示にもろくに従わねえくせに」

「まあ、いいじゃないですか。おれも聞きたいですよ」

遥也は、二人に割って入り、星嶋さんに、お願いします、とつづきを求めた。

「よく覚えてるけど……奥さんの弟さんが、難病なのね、治療の難しい。あと、奥さんのお母さんも、ふだんの生活はできるけど、治療費がかかる病気を抱えてらっしゃるし、お父さんは介護施設にいらしたかしらね。だから李さん、お給料の高い勤めを求めて、こっちへ移ってきたの。奥さんのご両親、はじめは結婚に反対してたらしいのよ、李さんの生まれのことで。なのに、実の親でも弟でもない人たちのためにねぇ」

星嶋さんの説明の途中で、リーやんが軽く手を横に振った。

「妻の弟は、賛成してくれたんですよ、結婚。とてもいい男でね……」

「奥さんと、お嬢ちゃんは、お元気？　あのとき写真を見せてくれたでしょう。お嬢ちゃん、まだ幼稚園に上がる前だったかしら。ずいぶん大きくなったでしょう」

「ええ、来年、小学校です」

「え、リーやん、離婚したんすよね？」

小五が口をはさんだ。

「あら、そうなのっ」

星嶋さんが、心底驚いたらしい声を発し、正面とリーやんのほうを交互に見る。

リーやんは、まいったなあ、と頭を掻き、

「つまんないこと言うんじゃないよ」

と、小五をたしなめた。

「李さん、本当なの？」

「いやぁ……困ったなぁ……秘密ですよ。おまえらも、誰にも言うなよ」

リーやんは、遥也たちにもくぎを刺して、「偽装、なんです」

「偽装？」

遥也と小五、星嶋さんもそろって声を上げた。

文男だけが当惑した様子で、遥也と小五のほうへ交互に首を振る。

「義弟《おとうと》の病状が進んで寝たきりになって、義母《はは》も高齢だから無理がきかなくてね、前に住んでた所を引き払って、妻は娘と実家に戻り、二人の面倒を見てるんです。その地域が、昔から保守的というか、けっこう閉鎖的でね。それもあって、両親はおれたちのことを反対してたわけだけど……いまはまた、ヘイトつーか、差別的な団体が、その辺りを拠点に活動してて、学校とか公的な施設、地域の行事とかにも、影響が出てんです。実際、娘の上の世代じゃ、学校でのいじめや、お祭りのときに差別的な嫌がらせがあったらしくて……引っ越せればいいけど、事情が事情で動けないものだから。おれたちの結婚当時、両親があちこち相談したんで、知ってる人も多くてね、妻は同窓会で何か言われたらしい。今後娘が成長するにつれ、進路にも差し障る可能性が否定できなくて……妻は、なんとかやってけるからって言いはしたけど、両親の説得だって大変だったわけだから、やっぱり心配そうでね……話し合って、ひとまず離婚の形にしたんです。いずれまた籍は戻すことにして、連絡は取り合ってるし、休みには会ったりしてるんで……」

リーやんは、心配しないようにという気づかいか、星嶋さんに軽く頭を下げる。

「ああ、それで、今日、奥さんと……」

遥也は思い当たって口にした。

「あら、奥さんと今夜、会われるの？」

星嶋さんが訊く。

「ええ、こっちに来てくれて。明日、一緒に実家へ帰って、娘にも会う予定でね……」

そうか、と小五がいきなり手を打った。

「娘さんは、おばあちゃんと留守番で、今夜は奥さんとホテル、ってつまり……そっかそっか」

「っせえな、まったくこの〝小学五年生〟は」

リーやんが荒く吐き出す。

遥也は、あ、と気がついて、

「じゃあ……明日、仕事だと、お嬢さんに会えないんじゃないですか」

「ああ、まあな。今回は仕方ねえや……そのぶん、はずんでもらうさ」

「あら、明日、お仕事？　いまから街に出て、大丈夫なの？」

星嶋さんが訊く。ちょうど信号で止まったところだった。

「明日の朝、マイクロバスが街から出るんで、それで帰ってきます」

「大変ねえ。でも若い方たちは、少しでも羽を伸ばしたいわよね」

と、星嶋さんが首をひねって、後部席を見た。文男に目を止めたとたん、驚いた表情を浮かべ、じっと見つめる。

「星嶋さん、信号、変わりましたけど」

リーやんに言われて、星嶋さんは目をしばたたき、ごめんなさい、と前に向き直って、車を出した。しばらくして、

「真ん中に座ってらっしゃる方、お名前は？」

星嶋さんが愛想よく尋ねた。だが声の芯に固いものが感じられる。

「ほら、ヴァンちゃん、運転手さんに、名前、聞かれてるぞ」

小五に肘でつつかれ、文男は戸惑いながらも、

「あ……たけ、ふみお、です」

彼の話し方で気がついたらしく、星嶋さんはリーやんのほうを見た。リーやんが意味ありげにうなずく。

「そう……ご苦労様です。日本のために、あちらこちらで働いてくださってるものねぇ……でも、こちら、少し似てたから、びっくりしちゃった……」

「え、誰にですか」

リーやんが尋ねる。

星嶋さんは、苦笑を浮かべた様子で、

「息子に、ちょっとね……よく見れば違うんだけど、あの子、小柄で、水泳やってたから、色も黒くて。物静かなほうだったし、雰囲気がなんとなく……」

「息子さん、いまどこに？　もしか入れ替わりでベトナムにいたりして」

小五が軽い口調で、星嶋さんに訊いた。

前が渋滞しているのか、車が静かに止まった。

「……わたしが、どうしてタクシードライバーしてるか、教えよっか」

星嶋さんが、小五の問いに答えず、明るい声音で言う。

「いや、星嶋さん、話さなくていいですよ。こいつらには、わかんないから」

リーやんが相手を気づかう口調で言う。

星嶋さんは、少し肩をすくめてほほえんだらしく、

「会いたいって、思ったからなの。会えないかしらって……息子に」

彼女の謎めいた言葉を聞いて、遥也は思い当たることがあった。

被災したおり、遥也の家は壁にひびが入るなどの被害があったが、海から離れていたこともあり、両親も彼も無事だった。姉はもう結婚して、九州にいた。ただ、遥也を可愛いがってくれていた叔父と、会ったことのない遠い親戚が二名、知り合いは大勢を亡くした。被災の影響が落ち着いてきた頃、不思議な話を耳にするようになった。亡くなった誰かを見た、会って話までした、というものだ。進学で故郷を離れるまでに五、六度……帰省したときにも、不思議な出会いをした人が、ここにいる、あそこにもいる、と親や同級生たちから聞かされた。

星嶋さんも、さっきの話では、被災して、住んでいた町を失ったらしい。であれば、

「それって、もしかして、生きている息子さんじゃなくて、幽霊……に会いたい、ってことですか」

遥也は思わず尋ねていた。小五だけでなく文男にもわかったのか、二人が遥也のほうを見たのを感じる。

渋滞がとけたのか、車が動き出し、星嶋さんが口を開いた。

「家族を亡くした人たちが集まる集会なんかで、そういう話を聞いたのね。タクシーの運転手が、震災現場の近くで、夜中に人を乗せて、行き先を告げられ、着いて振り返ったら、誰もいない……運転手がびっくりして、その家の人に尋ねてみたら、消えた乗客と同じ年格好の人を震災で亡くしてたって……。初めのうちは信じられなかったけど、たびたび同じような話を聞くうち、本当かもしれないって考えが変わって……あるとき、直接出会ったという人に話が聞けたの」

星嶋さんの声は穏やかだった。口調は落ち着いて、どことなく笑みを含んでいる気さえした。

「その人は、トラックの運転手で、津波被害のひどかった現場近くを深夜に走っていたら、すごく眠くなったらしいの。路肩にトラックを止め、少し仮眠を取って起きたら、助手席に五十歳くらいの女の人が乗ってたって。びっくりして声も出せずにいると……この先の道路に大きな石が落ちてるから気をつけて、とその女性は言ったの。そして、お願いがあります、と口にして……夜の運転は危ないから気をつけるように、お墓なんていつでもいいからと、ヨウタロウに伝えてください、直接だとびっくりさせて、かえって危ないから、よろしくどうぞ、と頭を下げたと言うの。運転手さん、怖くなって車を降りて、何度も深呼吸したあと車の中を見たら、もう誰もいない。周りを見ても、人の気配はない。ああ、夢か……と思って、トラックを動かして、でも女の人の言葉が耳に残ってたから、用心して行くと、けっこう大きい石が道に転がってたの。暗いから、飛ばしてたら、きっと事故ってたって……。トラックを止めて、石をどけてる途中で、後ろに別のトラックが止まって、どうしました、って若い運転手が、石をどける手伝いをしてくれたの。よく気がつきましたね、って若い運転手が感心するから、いや、これこれこういう話だと、女の人のことを伝えたの。すると、若い運転手は、急に辺りを歩き回って、お母さん、お母さん、と呼んだと言うの。ついには道端にしゃがみ込んで、泣き崩れたって。どうしたのか事情を聞いたら……母親を津波で亡くした、墓もなくなった、だから墓を建て直すお金を作るために、深夜のトラック運転手を始めた、自分の名前はヨウタロウだって……」

誰もしばらく口をきかなかった。すると文男が、シートから背中を離し、

「むすごさん、あう、おはなし、ですか」

と、星嶋さんに向かって声をかけた。

遥也はびっくりして文男を見た。小五とリーやんも彼を見る。どこまで理解しているかはわからないが、雰囲気や言葉の調子から、大体のことが伝わったのかもしれない。

「ええ……とても会いたいの。からだのほうは帰ってきて、もうお骨《こつ》になって、いまも家の中にまつってある。でも魂は、まだ帰ってきてない気がしてね」

星嶋さんが前を向いたままで答える。

「あえる、こと、いのります」

文男が胸の前で両手を合わせた。

「ありがとう、優しいのね。文男さんは、故郷《くに》に、お母さん、いらっしゃるの？」

「はい」

「あなたにも、事情はあるんだろうけど、無理して長くこっちにいないで、帰ってあげになると、いいと思う。きっとお母さん、待っていらっしゃるから。うちの子も……帰るって言ったの。地域の消防団にいてね、海辺の町に救出に向かって、帰る途中、電話くれたの。いま寝たきりの人を助けたところだって。お母ちゃんは、大丈夫かって……。大丈夫よ、お父ちゃんと高台に逃げてるから、あんたもできるだけ早く帰ってきなさい、って言ったら……わかった、心配しないで、いまから帰りますって……それで電話、切れたの。それきりなの」

あとはもう街に着くまで、誰も一言も話さなかった。

6

タクシーは、駅前のロータリーをぐるりと回って、空いている一角に止まった。星嶋さんはわざわざ降りて、楽しんできてね、と遥也たちに手を振ってくれた。

夏の日は長く、まだ明るさが残り、駅周辺は多くの人でごった返している。

リーやんを先頭に、遥也たちが駅前の大通りに向かって歩いていくうち、警察官が組になって集まっているところに出くわした。差別的な言葉や暴力的なフレーズを書きなぐったプラカードとか幟《のぼり》を振りながら歩く、十人程度のデモを警護しているらしい。その周りで、やめろ、レイシスト、とデモの反対者や通行人が叫び、デモをしている者たちは、うるせー死ね、日本を出てけー、と叫び返している。

リーやんは関わりを避けるように足を速め、遥也たちも彼を追って、その騒ぎから離れた。

観光客なども行き交う大きな繁華街に入ったところで、リーやんは足をゆるめ、警察官の姿を見て以来ずっと緊張していた文男も、肩の力を抜くのがわかった。

全員でしばらく大通り沿いの洒落た店を眺めながら歩いたあと、リーやんの指示で脇道に入り、飲食店が並ぶ裏通りに抜けた。辺りは空腹を刺激する匂いに満ちている。やがて狭い間口のベトナム料理店の前で、リーやんが足を止めた。店の外に二つ、店内に五つのテーブルが並んでいる。

長い黒髪を後ろでまとめた女の子が、シャツとジーンズの上にエプロンを着けた格好で、店の中から現れ、

「外のテーブルと、店内と、どちらにしますか」

と、正確な発音と、少しだけ怪しいイントネーションで訊く。可愛いねー、と小五が声をかけ、笑顔を浮かべた彼女の頬に、愛らしいえくぼができた。

日中は暑かったが、涼しい風が吹いてきている。小五が、通りを歩く女の子と、店内のえくぼちゃんの両方を眺められるからと、外のテーブルを選んだ。

リーやんは、最初のビール一杯だけを付き合い、三人に料理を選ばせると、それまでの勘定を払い、あとは自分たちで払えよ、と席を立った。いまから元奥さんを駅に迎えに行き、夕食も一

緒にとるという。

「じゃあ、明日の朝六時、遅れるなよ。とくに小五、絶対忘れんなよ」

「あーってます。しがみつく女どもを右に左に振り払って、駆けつけますって」

小五の軽口を、リーやんは鼻で笑い、

「テオ、おまえが二人ともちゃんと連れてきてくれ」

言われて、遥也は首を横に振った。

「おれが責任持てんのは、文男だけですよ」

「いいか、一人でも欠けたら、特別手当はパーだと思えよ」

リーやんは強く言い置いて、駅のほうへ小走りに去った。

代わりのように、店の女の子がテーブルに料理を運んでくる。

「ゴイクオン、生春巻きでーす。こちらはチャーヨー、揚げ春巻きでーす」

うまそー、と小五が女の子の気を引くように高い声を上げ、生春巻きをそのまま口に運ぼうとする。

「あ、ヌクチャム、つける、おいしいです」

文男が、自分の前のタレの入った小皿を、小五の前に置いた。小五は、言われた通りにして、

「おー、悪くないねー」

と、満足げな表情を浮かべる。

「生春巻きは何度か食べたけど、揚げてるほうは初めてだな」

遥也は、ソーセージにも見える揚げ春巻きを、長めの角箸で取り、ヌクチャムというタレにつけて口に運んだ。さくっとした食感のあと、多彩な香りと味が口の中に広がる。カニ肉に、ひき肉も入っているらしい。キクラゲの歯ごたえと、春雨のつるんとした舌ざわりも感じる。そこにタレの甘酸っぱさとピリ辛がアクセントとして効いてくる。

女の子がまた料理を運んできた。貝を蒸したものに、ネギのような野菜を添えたものだ。

文男が、女の子に対して、彼らの国の言葉で話しかけた。女の子が答え、なお二言三言言葉を交わしてから、女の子は店内に去った。

「なになに、ヴァンちゃん、あの子をナンパしたの？」

ナンパ、という言葉が文男にはわからないらしく、首を横に振って、

「この料理、はまぐり、つかいます。これ、ちがう。だから、ききました。あさり。はまぐり、たかい。あさり、やすい、だから」

「ああ、ベトナム版、あさりの酒蒸しってことか」

小五は、あさりを口に運び、ニンニクが利いていける、と言い、遥也はネギのような野菜が気になって、口に入れてみた。味も香りも酸味がある。

「レモングラス……ベトナム、クッキング、よく、つかいます」

文男がほほえんで言った。

小五もレモングラスを試し、すっぱそうに顔をしかめて、

「ヴァンちゃん、国に、奥さんいるの？　妻、ワイフ？」

文男はびっくりした顔で、ノー、ノー、と顔の前で手を横に振った。

「じゃあ、彼女は？　ガールフレンド」

文男は、恥ずかしそうにほほえみ、やはりノーノーと答えた。

「でも、もてるだろ。女の子、ヴァンちゃんに、好き好き、たくさん」

ノーノー、と文男は笑い、

「それ、ショーゴさんね」

「何だとこいつ、うまいこと言ってんじゃねーぞ。ビール、飲む？　おごるよ」

小五が、自分と文男のビールを注文する。遥也は、店の奥をそれとなく確かめ、

「……けど、文男は、やっぱもてるのかもしれない」

と声を落とし、二人に言った。

え、何……と、小五と文男が遥也を見る。

「あの、えくぼちゃん……さっきから文男をじっと見てる。店に入ったときからずっと。同じ国の人間だからかな、と思ったけど、なんか視線に意味がある感じがする」

「マジかよ？」

小五が振り返ろうとしたとき、おまちどおさま、と女の子が生ビールのジョッキを二つ運んで

きた。小五には目もくれないが、文男の前にビールを置くときと、空のジョッキを下げるとき、彼の顔をちらちら盗み見ていた。

「マジだ、見てた見てた。この色男、隅に置けねーな」

小五が、声を抑えつつも、興奮気味に文男の肩や背中を叩く。

すると、女の子が意を決した様子で、まっすぐテーブルに進んできて、文男の隣に立った。彼らの国の言葉で呼び掛け、文男が振り仰ぐと、さらに流れるような早口で話しかける。

初めは不審そうだった文男の表情が、次第に明るくなり、うなずいて言葉を返した。女の子の顔が輝き、えくぼを浮かべてさらに話す。文男はついに立って女の子と向かい合い、陽気に会話をはじめた。

女の子が店の奥に戻り、調理場に声をかける。調理を担当しているらしい怖い顔をした年配の男が、女の子から言葉を受け、柔らかい表情に変わって、文男のほうへ手を上げる。

文男は、年上の相手への礼儀だろうか、丁寧に頭を下げた。

7

ホーチミン市の南寄りに、ブンタウという町がある。

文男は、海に面したその町の出身で、店の女の子に、もしかしてブンタウの出身ではないか、クックのお兄さんではないか、と尋ねられた。クックは、文男の妹の名前だった。女の子は、クックの友だちであり、文男とも小さい頃に遊んだことがある、と言った。調理場にいるのは彼女の伯父で、伯母と従妹も調理場で仕事をしていた。

テーブルには、店からのサービスだと、見た目も華やかな料理が運ばれた。ほかにも客が来たため、ずっとではなかったが、女の子がおりを見ては文男の近くに来て、何やら楽しげに話していく。

「悪くないね、ヴァンちゃん。このまま、えくぼちゃんと付き合っちゃえばいいじゃん」

小五が冷やかすたび、文男は顔を赤くして、手を横に振る。

しばらくして、女の子が真顔で文男を呼んだ。文男は、遥也たちに断って店の奥に行き、調理場から出てきた女の子の伯父さんと、何やら込み入った話をしている様子だった。

話はさほど長くなく、二人とも固い顔で別れた。女の子が、文男の顔をのぞき込んで声をかけ、文男は軽く手を上げて応えて、遥也と小五のあいだの椅子に戻ってきた。

彼の沈んだ表情が気になり、

「どうした、何の話だったの？」

遥也が尋ね、小五はいたずらっぽい口調で、

「まさか、結婚か。そこまで一気に話は進んだか？」

文男は、すぐには答えようとしなかったが、二人から何度もせっつかれて、仕方なさそうに重い口を開いた。

「しごと、きかれました、なに、しているか」

遥也も小五も言葉につまった。遥也は、ビールの残りを飲み干し、

「で……話したの、本当のこと？」

文男は首を横に振った。

「でも、おじさん、わかっていました……しごと、なにか」

「まあ、ここいらで、リスクのある仕事をしてる、同じ国の人間は……前はわりと多かったっていうし、いまもいるだろうからな」

小五がつぶやくように言う。

「で、ほかに何て言われた、それで終わりじゃないだろ？」

遥也が尋ねた。

「……かえれ、と」

「え……」

「けんこう、あぶない……からだ、しんぱい……だから、かえれ、と」

遥也と小五は顔を見合わせた。自分たちの心の底に根を張る不安に、不意打ちを食らった気がした。驚きと困惑と、どこへぶつけていいかわからない腹立ちから、そろって目を落とす。

「わたし、あんぜん、いいました。みんな、ちゅうい、してます。テオさん、ショーゴさん、げんき。でも、おじさん……ディフォーリアント、ダイオキシン、しんせき、こども、かなしいこと、なりました。だから、ぜったい、あんぜん、いえない、あぶない、と」

「へっ……調理場のおっさんは、専門家や研究者よりご存じってわけか」

「よせよ。心配して、そう言うんだろ」

遥也がいさめたものの、小五はなおいらいらした態度で、

「で、えくぼちゃんはなんて言ったの。何か話しかけてきたろ、え、何よ」

「あのこ、ブンタウ、らいげつ、かえります。だから、ブンタウの、おみせ、クックと、あいましょう」

「はっ、デートの約束か。積極的だね、その次は何だ、婿入りか、金貸せか」

「小五、妙なからみ方すんな。文男はべつに悪かないだろ」

そのとき、女の子が近づき、テーブルに紙を置いていった。何やら文字と番号が書いてある。文男が読んで、パーカーのポケットにしまった。

「何だよ、それ」と、小五が訊く。

「ブンタウ、みせ、なまえ……あのこ、テレホンナンバー」

小五が不機嫌そうに舌打ちする。遥也は、文男の肩を叩き、

「じゃあ、おれはもう行くよ。余裕を持って劇場に行っておきたいし。小五、文男を頼むぞ。も

しここから移るなら、居る場所、メールで伝えてくれ」

と立とうとしたとき、テーブルの上に道路側から棒が伸びてきた。隅に置いてあったサラダにふれ、鳥肉とキャベツをテーブルと床に落としてゆく。

驚いて顔を上げると、特定の国民名のあとに、『日本を出て行け』と書いた幟の竿を脇に抱えた男が、『死ね』『汚物』などと書いてあるプラカードを持った男たち数人と、大笑いしながら歩いていく。自分の持つ幟の竿が何をしたか、気づいていないらしい。

「おい、こら、待てよ」

小五が椅子から立って、荒い声を発した。相手方は、自分たちのことかどうかわからないのか、少し首を振り向ける者もいるが、立ち止まらない。

「待てっつってんだろー、そこのお坊ちゃんたちよー」

相手は四人。駅前で見たデモ隊の一部だろう。足を止めて、小五のほうに向き直る。文男がおびえているのを見て、やめろ小五、と遥也は止めた。

「大層なことを書いた幟を持ってるお坊ちゃんよぉ、おまえの竿の先が、テーブルの料理を落としてったんだよ。黙って通り過ぎてんじゃねーよ」

「知らねーよ、てめえで落としたんだろ、因縁つけんじゃねーよ」

幟を持っている男が言い、ほかの三人も肩を怒らせて睨みつけてくる。

「ここは礼節の国だろ。てめえたちの振る舞いで、誰をおとしめ、誰に迷惑をかけてるか、わきまえろって話だよ」

小五は道路まで踏み出していくが、目立った体格でもない彼に対し、相手方はひるんだ気配もなく、店のほうに目を走らせ、

「なんだおまえら、日本人じゃねーのか」

なかでも一番太って、押し出しのいい男が言った。幟を持った男が前に出て、

「日本人が優しいからって、たかりにやってくんじゃねーよ」

「金が目当てで、からんでくんだろ。ほらよっ」

太った男が、五百円玉を放ってよこし、「何がわきまえろだ、金金金のくせによっ」

と笑い、ほかの者を誘って背を向ける。

遥也は、後ろから小五の腕をつかんで止めていたが、ついに小五はその手を振り切り、路上の五百円玉を拾って、男たちに向かって走り出した。気配を察して幟を持った男が振り返り、小五の勢いにおびえて後ずさる。

小五は、相手の手から幟を竿ごと奪い取り、道に叩きつけて、靴の下に踏みつけた。

「ほらよ、クリーニング代だっ」

相手の胸に、五百円玉を投げつける。

「くぉのやろー」

叫んで、小五に殴りかかったのは、太った男だった。

小五はとっさにかわしたが、肩を激しく殴られた。すぐに相手の顔を平手で押しやり、足を蹴る。大学時代から、弱いくせにすぐに人にからんで喧嘩となり、最後には負けるのだが、慣れているぶん途中までは善戦する。とはいえ、四人を相手では時間の問題だ。

「んだよっ、あのバカ」

遥也は、文男の腕を取り、様子を見に出てきた女の子のほうに押しやった。

「文男、奥でかくまってもらえ。あとで迎えに来るから」

女の子にも、こいつをよろしく、と言い置いて、テーブルの上を見回し、ビールジョッキをつかんだ。文男の分で、まだたっぷり残っている。

小五は、身を守りながら手や足を出し、実際の喧嘩にはあまり慣れていない様子の四人に、効果的な攻撃をさせていない。遥也は、ビールジョッキをつかんだまま、小五ーっ、と大きな声で呼びかけながら駆けていき、

「伏せろーっ」

小五が身をかがめた後ろから、ビールジョッキを振り回し、男たちにビールをひっかけた。顔にかかるなどして、わっとひるんだ相手に、

「かぶれるから、よーく洗ったほうがいいぜっ」

意味ありげに叫んで、小五の襟首をつかむが早いか、来た道を走って逃げた。

料理店の入口からこちらを見ている文男を横目に、合図などは送らず、小五と走り抜ける。振

り返ると、四人は追ってきながらも、顔や手にかかったビールが心配なのか、においをかいだり、服でぬぐったりしていて、勢いはない。

「それ、いつまで持ってる気だ」

小五が走りながら、遥也の手のビールジョッキを見る。

「捨てるわけにいかねーだろ、割れたらどーすんだ」

「大学んときもビールをぶっかけて逃げたことあったな、小便と相手に思わせて」

「いっつもおまえの尻ぬぐいだ、ここ曲がっぞ」

脇道に入って、繁華な大通りに出る。行き交う人が多く、紛れ込むことは難しくない。

こっちの通りのほうが可愛い子が多いな、と小五がきょろきょろとよそ見をして、危うく人にぶつかりそうになった。髪を坊主刈りにした、きりっとした顔立ちの……レインボー柄のTシャツの胸が盛り上がっているから、女性だろう。革のジャンパーとパンツを合わせ、小五を睨みつけて、颯爽と通り過ぎてゆく。

「悪くねー。ああいうの好みだよ、きついこと言われて、キャンキャン従うの」

「お坊ちゃんたちに捕まって、キャンキャン言わされっぞ」

遥也は、小五の肩をひっつかんで走り、通りかかった書店に入って、道からは見えない奥へ進んだ。

一息ついて、小五の腹にビールジョッキを押しつける。

「おれはもう映画に行かないと遅れちまう。おまえは頃合いを見て、文男を迎えに行け」

「いや、文男は、おまえが映画が終わって迎えに行くまで、あそこに置いといたほうがいい。安全だし、思い出話から、恋の花咲くこともある、ってな」

確かにそれも言えなくはない……小五が行っても、また揉めそうだ。

「そろそろ今夜の相手を見つけに行かなきゃ、下のタンクが破裂しちまう。勝者のカップはおまえのもんだ、映画を観るだけなら邪魔になんねーだろ」

小五が、遥也にビールジョッキを押し返してくる。

「失礼します」

不意に後ろから柔らかい声がした。二十歳くらいの女の子が、困った様子で立っている。遥也たちが、彼女の本を選ぶ邪魔になっていたらしい。

「あ、ごめんね」

遥也は、小五の肩を押し、脇にどいた。

女の子は小さく頭を下げ、書棚に向かう。その顔をふと気になって見つめ直し、遥也は息をつめた。

「じゃあ、行くぜ……おい、テオ、どうした、遥也……」

遥也は、小五の呼びかけを耳にしながら、女の子の横顔……ことに引き結んだ唇の斜め下にあるホクロから目を離せなかった。彼女は、以前から気に留めていた本だったのか、書棚から一冊の本を迷わず引き抜いて、ぺらぺらと少しめくった後、レジへと向かった。

頰に冷たい感触を受け、遥也は視線を前に戻した。小五が、ビールジョッキを遥也の頰につけている。

「何をぼうっとしてんだ。映画をやめて、ナンパにしたのか？　そんな根性、ねーだろ。おまえの一番の欠点だよ、それが」

小五の言葉を、遥也は鼻で笑った。

「ナンパしないことが、欠点なのか」

「人とまっすぐ向き合わねーことだよ。だから、いつまで経ってもシナリオができねーんだ。使い古されたキャラじゃなく、目の前の人間を見ろ。みじめで情けない自分をさらして、うずくまってる相手の涙や願いを想像してみろよ。どんな人間にも、ドラマはあんだぜ。朝までに、一つ二つエピソードを考えとけ。じゃ、お坊ちゃんたちに捕まんなよ」

こっちの台詞だ、と言い返したかったが、ふだんはふざけてばかりの奴に、思いがけず胸に刺さる言葉を投げかけられて戸惑った。口にする気力が戻ったときには、小五はもう出口に向かっていた。

8

遥也は、レジに並んでいる女の子の後ろに進んだ。

彼女が買おうとしているのは、『伊丹万作《いたみまんさく》エッセイ集』。戦前にすぐれた映画作品を作った映画監督・脚本家が残した多くの文章から、ノーベル賞作家の大江健三郎が編んだ本だ。

実は遥也は、同じ一冊を、高校時代に手に入れている。戦争責任者の問題を論じ、戦前の政治や映画界の問題点を指摘している評論など……自分を棚に上げての偏見だとは思うが、二十歳くらいの女の子が好んで読む本とは思えない。けれど、あの子なら……人違いでなく、あの子なら、選んでおかしくはない、というより、すでに持っていておかしくない……。

女の子が本を受け取り、店を出ていく。花柄のベージュのワンピースに、ピンクのカーディガンを羽織った姿を目当てに、遥也はあとを追った。

繁華な通りを、彼女は姿勢よく歩いてゆく。待ち合わせでもあるのか、腕時計で時間を確かめ、歩く速度を上げる。遥也は、見失わないように、といって近づき過ぎてストーカーなどと間違われないように、一定の距離を保って、あとをつけた。

前方から、さっきの四人組のうちの、幟の竿を持っていた男と太った男が、辺りを見回しながら来るのが見えた。ちょうど商店の入口だったので、ジョッキを隠すように腕を組んで、店内に入る。

和服の専門店だった。和服姿の女性店員が、いらっしゃいませ、何かお探しですか、と、にこやかに近づいてくる。いま出ていけば、連中と鉢合わせになるだろう。ええ、まあ、と口ごもりながら店内を見回し、夏の浴衣を着た男女のカップルのポスターが目に留まった。

「祭りの、浴衣、とか、ちょっと興味があって……」

四十前後の店員は顔を明るくし、遥也を奥に誘いながら、浴衣を作ったことがあるかどうかを尋ねてくる。初めてだと告げたあと、振り返ると、店の表を例の二人が通り過ぎていくところだった。遥也は、商品の説明をはじめていた店員に向き直って、腕をほどき、手のジョッキに初めて気がついたふりをして、

「うわ、これ、店から持ってきちゃったのかな、ちょっと返してきますね」

と、下手な演技で店を出て、女の子の姿を求めて足を速めた。

向かってくる人波をかき分け、背伸びをしたり、車道にはみ出したりして確かめるが、彼女の姿は見当たらない。ほどなく繁華な通りの端まで来た。道は左右に伸び、どっちだ、どこだと、むだに何度も首を回す。

せっかく会えたと思ったのに、見失うなんて、悔やんでも悔やみきれない。

いや……買った本、気にしていた時間、向かっていた方角……どれも、遥也の目指していたも

のと重なる気がする。人違いでなければ、きっと彼女も……と期待し、行く予定でいた場所へ走った。

ふだんはミニシアター系の映画を上映している小さな映画館だった。事前に場所を確認し、ネットで指定席のチケットを予約してある。

表通りから一筋裏に入ったところの、コンビニの二つ隣のビルの地階が映画館だった。階段脇に、今夜の特別上映会の看板が出ている。奥にエレベーターもあるが、遥也は階段を使い、受付の前に立った。

入ればすぐのロビーをのぞいてみる。女の子の姿はない。まだ開始時間に十分ほどある。ぎりぎりまで外を探すことにして、階段を戻った。途中で気配がして、目を上げる。

階段の上に、彼女の姿があった。遥也と書店で会ったことなど記憶にとどめていないのだろう、ぶつからないよう端に寄って、階段を下りてくる。肩からバッグをさげ、書店の袋を左手に、右手にコンビニのロゴが入ったコーヒー用の紙コップを持っている。

遥也は、ジョッキを後ろに回して、彼女とすれ違い、いったん地上に立って、彼女が受付を通っていくのを認めた。

自分もコーヒーでも、とコンビニに向かいはじめたとき、ジーンズのポケットに入れたスマホから、悲愁をたたえた甘美な旋律の『軽蔑』のテーマ曲が流れてきた。小五かと思ったが、意外にもリーやんだった。明日の仕事の変更でもあったのかと思い、その場で出てみる。

「おう、李だ、いま大丈夫か」

「あ、二、三分なら……」

「まいったぜー、こういうのアリかよ」

リーやんにしては愚痴っぽい調子で言う。どうしたんですか、と問う。

「予約しといたホテルに行ったら、入ってねえって言うんだ。んなわけあるか、ちゃんと電話したって、履歴も見せた。したら、予約の電話かどうかわかりませんだとさ。ほかにどんな用でホテルに電話する？　女房が横にいなかったら、大喧嘩だよ。とうとう支配人が現れて、ホテル側の機械のミスかもしれないが、とにかく今夜は満室で空きがないので、ってホテルのレストランの割引券を渡してきやがった。ざけやがって。目の前で破いて捨てたよ」

「あ……で、どうしたんです。ほかのホテルに当たったんですか？」

リーやんが鼻で笑うような息をつき、有名なアイドルの名前を口にする。

「そいつのコンサートが、今夜、街であんだと。東京からも追っかけが大勢来てるらしくて、ラブホまで全滅だ。明日が休みなら、このまま女房と東京まで行ってもいいんだけどな……どうしようもねえや。もう女房を駅に送って、こっちはお前の言ってたネットカフェに泊まろうと思ってさ」

そのカフェの場所を教えろ、というのがリーやんの用件だった。遥也は、行く予定だったネットカフェの大体の場所を伝えた。

「サンキュ。大事な用があるだろうに、悪かったな。じゃあ、あとでな」

遥也は電話を切り、コーヒーをあきらめ、受付に下りた。気持ちが沈んでいた。

移り住んだ地域にはびこる差別観と、それに伴う活動が、娘に影響するかもしれないからと、あえて偽装離婚をして、妻の家族のために金が必要だからと、この国の田畑や山林に降り注いだ汚染物質を汗だくで取り除く仕事をつづけ、さらには働きの悪い新入りたちの面倒まで見て……ようやく得られた半日の休みに、愛する人と抱き合うことすら許されないのか。

考えたくはないが、もしかしたらホテル側は、多少高額でもよいと交渉したアイドルの追っかけを、李という名前の予約客より、優先したのかもしれない。

さほど広くないロビーに進むと、上映五分前を知らせるブザーが鳴った。奥でコーヒーを飲んでいた彼女が、紙コップを持ったまま、こちらに歩み寄ってくる。遥也は、壁に向かってポスターを眺めるふりをした。彼女が劇場内に入っていく姿を横目でとらえる。ほっと息をつき、正面のポスターに目の焦点を合わせた。

映画ではなく、鉄道のポスターで、『郡山まで一時間四十分、東京まで約三時間』と、アクセスの良さを伝えている。

あ……遥也は瞬間的にあることを思いつき、ロビーの隅まで進んで、リーやんに電話した。三度のコールで相手が出る。

「リーやん、いま駅ですか」

駅構内のカフェにいる、と答えが返ってきた。奥さんの東京への戻り方を問うと、常磐線に八時過ぎに乗り、十時半過ぎに上野に着くという答えだった。

「リーやん、時間がないんで、言いっ放しで切っちゃいますけど……おれ、少し前の休みんとき、七時三十分過ぎの電車で郡山に出ました。前の勤め先との交渉事が残ってて、東京へ戻るときです。夜汽車の感じを味わいたかったんで、遠回りしました。郡山には九時十五分頃着きました。郡山から東京への新幹線の最終は、十時二十分過ぎです。で、おれ、郡山の駅の外へ出たんです。ホテル、何軒かあったと思います。一時間しかないんで、無茶な話かもしれないけど、伝えます。郡山からこっちへ戻る電車は、新幹線最終のあとも一本ありました。ただ途中の小野の辺りで止まったと思います。ちゃんとした情報でなくてすみません」

現実には役に立たないことを、自己満足だけで伝えた気がして、遥也は急に恥ずかしくなり、電話を切った。

スマホの電源を切って、ポケットに突っ込み、劇場内に入る。前方のスクリーン脇に、アコーディオン奏者とギター奏者が進み出て、挨拶をするところだった。客席は五十席くらい。彼の席は最後列の端で、誰にも迷惑をかけずにすんだ。

9

上映の一本目は、『狂った一頁』という大正十五年製作の日本映画で、もちろんサイレントだった。日本映画界を初期から支えた衣笠貞之助《きぬがさていのすけ》監督の、精神病院を舞台とした、実験的な創意にあふれる映画芸術と謳われ、当時二十代の川端康成がシナリオを執筆している。アコーディオン奏者もギター奏者も、しっかり準備をしていたらしく、古い映画とは思えない斬新なフィルムワークと、人間の狂気と幻想に鋭く踏み込んだ展開に、ときに単独で伴奏し、ときに和して、字幕もない映画の理解を助ける以上の、劇的な効果を上げていた。

七十分ほどの上映後、短い休憩が取られた。例の女の子は、遥也とのあいだに一列置いた中央寄りの席に座り、買ったばかりの本に目を落としている。二本目は、その本の著者伊丹万作が、昭和七年に監督した『国士無双』だった。

剣豪の名をかたる偽者が現れ、怒った剣豪が懲らしめようとするが、偽者がなぜか勝ってしまう。剣豪は修行し直し、恋愛沙汰にふけっていた偽者に勝負を挑むが、またも偽者が勝ち、剣豪の娘をめとって去っていく、という風刺のきいた喜劇だ。完全版は失われ、残った断片をつなぎ合わせた二十数分の上映だった。アコーディオンだけが、ごく控えめに伴奏したが、完全版の上映ではないため、失われた部分を想像するには、かえってそのほうがよいように思えた。

　どちらの作品も、善悪をわかりやすく分けた内容ではなく、むろんCG映像も派手な効果音も使われずにいて、人生の真実の一面を、一方は恐ろしいほど深く、一方は知的で軽やかに描いている。約九十年も前の表現でありながら、切実に身につまされる部分もあれば、思わず吹き出す場面もあり、テーマはいまを生きる者にも新鮮に響いた。

　上映が終わり、遥也は先にロビーに出て、彼女を待った。ほとんどの観客が満足した表情で現れる。そのまま外へ出ていく人、ロビーで知り合いと感想を語り合う人、演奏者や劇場関係者と歓談する人もいるなか、例の女の子はなかなか出てこなかった。

　次回上映の予告チラシを眺めながら待つうち、ようやく彼女が目を赤くして現れ、そのまま洗面所に入っていった。感心あるいは感服する映画だとは思うが、感動で涙する内容とは言えない気がして、少し不審に思いながら、人が行き交う狭いロビーでは声もかけづらく、階段をのぼった外で待つことにした。

　階段の上もまだ人が多く、適当な場所を目で探し、二車線の道路をはさんで劇場の向かい側に建つビルの前へ進んだ。ビールジョッキが邪魔で、早く手放したい。いわば借り物だから捨てることもできず、ひとまず腕を後ろに回して隠し、ビルの横壁にもたれて待った。しばらくして人の姿もまばらになった頃、彼女が階段を上がってきた。もう泣いてはいないが、頬が赤く、いまも涙をこらえている表情に見える。

彼女が、車が来ないことを確認して、道路をこちらに渡ってきた。正面からあらためて顔を確かめる。当時の写真と比べ、髪は長くなり、全体に大人びて見える。けれど、聡明そうな目をはじめ面差しはそっくりで、なにより唇の斜め下にあるホクロが同じだった。

彼女は、遥也がじっと見ていることに気づいてか、顔を伏せ気味にして、足早に通り過ぎていく。話しかけなければ、そのまま行ってしまい、二度と会えないだろう。ずっと想いつづけていた相手なのに。だが、人違いかもしれない……違っていたら、おかしな奴だと思われる。

おまえの欠点は、人とまっすぐ向き合わないことだ、という親友の言葉が思い出された。

「あの、すみません……」

人違いかどうか確かめるだけでもいいじゃないか、どうせおかしな奴と見られるに違いない。そう思い切って、声をかけた。

「ちょっと、すみません、待ってください」

何事かと振り返った彼女の前に進み、正面に立つ。間近で彼女を見つめ、あれ……と、一瞬違和感をおぼえた。それが何かはよくわからないまま、彼女が不安そうに見ているので、とっさに言葉を継ぐ。

「あの、いまの映画、ぼくも観たんです……素晴らしい、上映会でしたね」

「……あ、ええ、とてもよかったです」

彼女が、戸惑った様子ながらも、素直に感想を返してきた。街灯の光のせいか、涙を流したあとだからか、大きな瞳が潤んで見える。

「あの、ああした古い映画がお好きなんですか」

「ええ……好きですけど」

「前から、好きだったんですよね」

「え……」

「高校生の頃から、もっと前からかもしれないけど、好きだったんでしょ？」

彼女が眉をひそめた。当人かどうか確かめようと焦るあまり、怪しい物言いになってしまったことに気づき、遥也はジャケットの胸ポケットにしまってある手帳を出そうとした。後ろに隠していたビールジョッキが、からだの前に出る。

彼女が警戒心をあらわに、からだを後ろに引いた。

「あ、いや、これは、違ってて……」

彼の言い訳も待たず、彼女が前に向き直って小走りに去ってゆく。

遥也は、懸命な想いで、生徒手帳に記されている高校の名前を大きな声で口にした。

「その高校の、卒業生でしょ。一年のとき、生徒手帳をなくしたでしょ」

彼女の足が止まった。ゆっくりとこちらを振り返る。

遥也は、ビールジョッキを路上に置き、胸ポケットから収納パックに入れた手帳を出した。パックから手帳を出しつつ、

「これです……おれが、拾ったんです」

彼女が、目を見開き、呆然とした足取りでこちらに戻ってくる。

「どこで、それを……」

遥也は、地震のあとの津波によって甚大な被害を受けた街の名前を告げた。

「津波から二ヵ月後、その街で暮らしていた叔父を捜しにいったとき、街の残骸と泥とが一緒に積まれた山の下で、見つけました……返したほうがいいとは思いながら、どこへ持っていけばいいのか、高校も大きな被害にあったそうだし、あてもなく……そうこうするうち、東京に移ったものだから」

彼女が目の前に立った。遥也は、写真を貼ってあるページを開き、

「名前……愛の海と書いて、あいみ、と読むのかな？」

「……まなみです」

「これ、あなたですよね」

彼女はいきなり両手で顔をおおった。指のあいだから嗚咽を洩らす。どうしていいかわからず、遥也が立ち尽くすうち、彼女はその場にしゃがみ込んで、首を左右に振った。何度も振り、細い指のあいだからうめくように口にした。

「おねえちゃん……おねえちゃんです……」

彼女を間近で見つめたときにおぼえた違和感の正体がわかった。

街ひとつが津波によってほぼ完全に消滅してしまった現場で、あの生徒手帳を拾ったとき、遥也は高校二年の十七歳だった。写真の女の子も、彼と同じだけ年を重ねているはずで、目の前の女の子はたぶん四つか五つ若いだろう。そしてホクロが唇の左斜め下にある。写真の少女のホクロの位置は、唇の右斜め下だった。

しばらくして落ち着きを取り戻した彼女を、五十メートルほど進んだ先の、通り沿いにあるカフェに誘った。

彼女を窓際の椅子に座らせ、遥也がオーダーに立つ。コーヒーと、彼女の申し出たハーブティーのカップを持って、席に戻る。テーブルの上にビールジョッキを置いてあるのが、自分でも滑稽で、

「これ、バカな友だちが店から持ち出しちゃって、返さなきゃいけないんだ」

つまらない言い訳でも、話すことがあることにほっとしながら、彼女の向かいに腰を下ろした。

彼女の前には、姉の生徒手帳が閉じたままで置かれている。開いて中を確かめることで、思い

出が噴き出してくるのを恐れているのだろうか、手にした様子もない。

「おれは、田尾遥也。田んぼに、しっぽの尾、遥かに、也《なり》。ここから少し北にのぼったところで、除染作業のバイトをしてる。今夜は、あの上映会が楽しみで、仕事が終わってから来たんだ」

言葉を切ると、女の子がか細い声で、

「やまなかあやみ、と言います。普通の山と中に、彩りの海です。以前は、あなたが手帳を拾われた街に暮らしてました。いまは両親と……こっちに移ってます。大学四年生です」

両親と移って、か……姉は、一緒ではない、ということだろう。わかっていても、

「……お姉さんは」

と、あえて尋ねた。

彩海はすぐには答えなかった。やがて小さく息をついて、

「まだ、戻ってきていません、あの日からずっと……」

やはり……遥也はうつむいて、目を固く閉じた。

彩海が、生徒手帳に貼られた写真の少女を、おねえちゃんです、と答えたとき、遥也の胸に小さな穴があいた。ずっとあの子に会いたいと願ってきた。なのに……いや、もしかしたら見つかった場所が場所だけに、そういう場合もあるかもしれない、と考えてはいた。けれど、さっき書店で彩海を見たときに、愛海だと思い、生きていたんだ生きていたんだと喜びが湧いて、万が一の場合のことを忘れていた。だからいま、胸にあいた穴はどんどん広がっていく。

声が聞こえた気がして、目を開き、顔を起こす。彩海がこちらを見て、口を開いている。何か話しかけている。意識して、彼女と向き合う。音が耳に戻ってくる。

「あの、大丈夫ですか……」

彩海が心配そうに遥也を見ている。

「あ、ごめん。ちょっと、考え事をして……何だっけ」

「あなたの叔父さんは、どうされたのかと……すみません、忘れてください」

彩海が頭を下げる。彼女の顔は写真とよく似ているが、より柔らかく、内省的な印象で、つらい体験から来るのか、言葉つきや身振りに年相応の弾んだところが乏しく、悲しげな愁いをまとっている気がする。

「いいんだ……叔父はずっと見つからなくてね。あきらめ半分、もしかしたら生きてるかもって希望半分……叔父さんの奥さんと両親と、おれとで捜しつづけて半年後、やっと見つかった……DNA鑑定でね。もうお骨になってたんだ」

ああ、と彩海が息をつき、小さくうなずいた。

何を話していいか、手詰まりになる。愛海と会えたら、こういうことを話そう、あんなことも話そうと思っていたのに……。

彩海の膝の上から、書店の袋が床に滑り落ちた。遥也は、彼女より先に拾って渡しつつ、

「伊丹万作の本……お姉さんが、持っていたんじゃないの？」

彩海が驚いた顔で、もの問いたげに遥也を見る。

「実は、本屋でその本を買うきみを見て、写真のお姉さんとそっくりなんで、びっくりしてさ……あとを追いかけたんだ。でも、ストーカーとかじゃなくて、もともとあの上映会には行く予定でいたんだよ、本当に」

疑われないように、スマホに残っているチケットを見せた。

「ただ……あの二つの作品を観たいと思ったのは、きみのお姉さんの影響なんだ」

「姉の影響……でも姉に会ったことって？」

「もちろんないよ、手帳でしか知らない」

遥也はテーブルの上の手帳に目をやり、大事なことに気がついた。椅子の上で姿勢をただし、彩海に向かって頭を下げる。

「実は、手帳に書かれてることを、勝手に読んでしまったんだ……ごめんなさい」

「あ……それはでも、仕方がない、というか……」

彩海がうなずき、理解を示した。遥也はもう一度頭を下げてから、コーヒーを口に運んだ。彼女もハーブティーに少し口をつけたのを見て、

「映画が、おれ、すごく好きで……それって叔父の影響でね。CG満載のアクション映画や流行《はや》りの恋愛ものとは違う……ヨーロッパのアートムービー、名作って呼ばれるけど、ちょっと難しい……ベルイマンとかブニュエルとかブレッソンなんかの世界を開いてくれた。その下地があっ

たからなんだ、きみのお姉さんの言葉を、というか、感性を、理解できたのは……手帳の中ほどを見てみて」

膝の上に手を置いて聞いていた彩海が、促されて、好奇心も手伝ってか、やっと手帳を手に取った。ひとつ大きく息をつき、恐る恐るページを繰ってゆく。

「もしかしたら手帳は、鞄とかリュックとかに入ってて、濡れるのを免れていたのが……波が引いたあと、重機で泥や残骸をどけるときに、何かの拍子で外へ転がり出たのかもしれない。だから全部は濡れてなくて、泥がしみ込んでできたらしい、シミのあとや、字がにじんでいるところはあるんだけど、読むことのできる箇所も、わりと残っててね……」

メモがはさんであるページで、彼女の指が止まる。

「そのページは、シミもにじみも少なくて、ほぼ完全に読むことができる。読めなかった箇所は、資料を探して、メモに記しておいた。合わせて読んでみて」

彩海が読みはじめる。遥也はもう記憶に刻まれてしまっている。

『「だまされるということ自体がすでに一つの悪である」ことを主張したいのである。

造作なくだまされるほど批判力を失い、思考力を失い、信念を失い、家畜的な盲従に自己の一切をゆだねるようになってしまっていた国民全体の文化的無気力、無自覚、無反省、無責任などが悪の本体なのである。

「だまされていた」といって平気でいられる国民なら、おそらく今後も何度でもだまされるだろう。

伊丹万作』

遥也の家族や親類は、震災まで原子力発電所の安全性を信じていた。祖父は、発電所の建設当初に関連企業で働いていたことがあると話していた。父は運送会社に勤めていたため、間接的に電力会社と関わっていた。時代の先端をゆく巨大企業の責任者たちは、きっと自分たちの何倍も頭がよく、あらゆるリスクを想定し、それを回避する備えをしていると、つゆも疑っていなかった。爆発事故が起きたあと、祖父も両親も親戚の者も「だまされていた」と口にした。

だから、被災現場でこの手帳を拾い、泥を落とし、愛海が書きつけていた文章を読んだとき、頬を打たれたような痛みと、恥の感覚をおぼえた。

のちに調べて、この文章は、伊丹万作が『戦争責任者の問題』として、昭和二十一年夏に、雑誌に発表したものだと知った。第二次大戦の敗戦後、多くの国民が、今度の戦争で自分たちは「だまされていた」と口にして、戦争当時の責任を個々で取ろうとしない状況に、疑問と危機感を抱いて著したもののようだった。

遥也は、おそらく同い年だった女の子が、この文章を取り上げ、手帳に書き留めたことに驚き、強く興味を持った。自分が遅れているような、敗北感も抱いた。

その敗北感は、次のページに記されていた内容にも感じた。これも、にじみやシミで読めなかった箇所は、資料で調べ、メモに記して補ってある。

『死ぬまでに観たい映画ベストテン（無理かもしれないけど）
洋画「救いを求むる人々」「嘆きのピエロ」「乗合馬車」「キイン」「闇に落ちた人々」「霊魂の不滅」「魔女」「喜びなき街」「吹雪の夜」「狂熱」
邦画「生の輝き」「路上の霊魂」「狂った一頁」「忠次旅日記」「国士無双」「生ける人形」「蛇性の婬」「浪人街」「赤西蠣太」「街の入墨者」』

遥也は、叔父の導きもあって学校では一番の映画通で知られ、自分でもその誇りを持っていたが、手帳に記された映画をただの一本も知らなかった。調べてみれば、すべて戦前の、しかも大正から昭和初期にかけて製作されたもので、数本を除いてフィルムが残存していないと言われる作品ばかりだった。

彼女に追いつきたい想いもあって、自分もきっと観てみたいと熱望したが、上京後もその機会を得られず、あきらめていたとき、今夜この街で、そのうちの二本の上映会があると知り、楽しみにしていたのだった。

「お姉さんは、どうして大人でも知る人が少ない、古い映画に興味を持ったり、伊丹万作の言葉を書き写したりしたんだろ。ご両親か、誰かの影響？」

手帳の文字を指でなぞるように見つめていた彩海は、小さく首を横に振った。

「姉は、自分で見つけたみたいです。四つ上なんですけど、中学のとき演劇部に入り、二年のとき、昔の戯曲を上演することになって、その作家の原作が映画になっていたのを、たまたま図書館の観賞会で知って、観に行ったんです。それに感動したらしくて、以来古い映画にはまって、DVDを借りたり、衛星放送をチェックしたり、本を買ったりするようになりました。わたしはアニメが好きだったので、姉の好みは理解できなくて、こんなすごい芸術家が昔いたんだよ、って話してくれても、全然わかんなくて……両親もわたしも、変なのにはまっちゃったね、なんて笑ってたんです」

彩海は当時を思い出したのか、かすかに目もとをゆるめた。が、すぐにまた表情を固くして、話をつづける。

「……姉は、高校でも演劇部に入り、四月の新入生を歓迎する公演では、自分たちで台本から作ることにしたらしく、テーマは……社会の在り方に対する、人々の当事者意識の低さと、多様な人々との共生を阻んでいる政治や差別的な風潮を取り上げる、ってことでした。夕食の席で、両親がどんなことをするのか尋ねて、姉がそう答えたんです。父が、高校生がそんな難しい問題をやって大丈夫なのか、って心配して尋ねたら……姉はいつになく険しい声で、高校生が大事な問題を考えることを心配してるの？　私たちが本当に大事な問題を考えずにいることを、大丈夫かって心配すべきじゃないの？　って言い返しました。お父さんたちは、競争に勝つこととか裕福な生活だとか、作られた幸福のイメージにだまされてるだけじゃないの、わたしたちが本当に学ばなきゃいけないのは……自分で自分の人生を作ってゆく強さと、いろんな立場の人たちと共に生きる喜びでしょ、って……。ふだん姉は、そんな言い方を父に向かってしないから、びっくりしたので、よく覚えてます。姉はそのまま部屋に上がっていきました」

彩海は、話しつづけて喉が渇いたらしく、ハーブティーに口をつけた。遥也もコーヒーを飲み、彼女がまた話しだすのを黙って待った。

「わたしたちは、同じ部屋だったから、わたしが部屋に上がったとき……姉は、独り言みたいな口調で言いました。他人任せで、勉強したり働いたり投票したり投票を棄権したりして……あとで、ひどい目に遭ったとき、だまされてたって言っても、どうにもならない。そして、だまされてたって済ませるなら、きっとまただまされる……」

彩海はいったん深く目を閉じた。静かに息をついて目を開き、バッグの上に載せた書店の袋にふれ、

「姉がいつもと違って見えて、どうしちゃったの、って訊いたら……急に力を抜いて笑って、お芝居の台本を書くのに、いろんな資料に当たってたら、戦争のあとで、いまみたいなことをきちんと書いてる文章を見つけたの、って答えました。そして、うちらの時代になっても、全然変わってない、だまされてばっかりだよ、と思ったら、急に悲しくなって、お父さんに、つい当たっ

ちゃった、って。わたしが、お父さん、泣きそうな顔してたよ、って言ったら……うん、とうなずいて、明日にでも謝っとく、って。でも姉は、父に謝れませんでした。次の日が、あの日だったんです」

不意に窓の外で雨の音がした。激しい雨が道を打つ。

「……姉は、早朝練習のために、みんなより早く家を出てました。そのあと父は、盛岡に出張で出かけ、わたしは学校の行事で四時間授業で終わり、海からはずっと離れている家に、母と二人でいました。それでも家は流されたんです。姉が集めていた本とかＤＶＤも全部……。この街に移ってからも、喪失感っていうのか、いつもぼうっとして、息をするのもしんどい感じでした。あるとき、姉が好きだと言ってた映画が、こっちの図書館でやるのを知って……行かなきゃ、って引き寄せられるみたいな感覚で、観に行ったんです。伊丹万作が脚本を書いた『手をつなぐ子等』という作品でした。障碍のある子に対する、周りの子どもや先生がすごくやさしくて、みんな明るくて、誰かと共に生きることの喜びや美しさが描かれていて……ああ、姉が本当に言いたかったのは、自分の幸せを他人任せにせず、目の前にいるいろんな人たちと向き合って、誰もが納得できる幸せを見つけよう、ってことなんだと思い至ったら……わたし、係の人がおろおろするくらい、声を上げて泣いてました。でも、それから姉のことを肯定的に思い出せるようになって、姉の好きだったものにも、ふれられるようになったんです」

彩海が映画の上映後に泣いていたのも、たぶん姉のことを思い出したからだろう。

彼女が何かに気づいたらしく、生徒手帳をテーブルに置いて、バッグを開き、スマホを取り出した。着信のサインがあったのだろう、スミマセン、と遥也に断り、ややからだを横向きにして、電話に出た。

「もしもし……うん、大丈夫、ごめんね、知り合った人と話してて……うん、折り畳み傘を持ってるから……平気、うん、いまから帰ります。じゃあね」

彩海は電話を切った。遥也のほうに向き直り、

「母です。約束してた帰りの時間より遅いから、心配して……」

「ああ、ごめんね。引き留めるかたちになって」

「いえ。いつまでも子ども扱いで……姉のことがあるんで、仕方ないとは思うんですけど。今夜は、姉の生徒手帳を見られて、ホント、よかったです」

「あ、これ、どうぞ持って帰って」

遥也は、生徒手帳を手の平で差し出すように示した。

「ご家族が持っておくべきものだから」

「ありがとうございます」

彼女が頭を下げ、手帳を丁寧にバッグの中へしまおうとする。

「一つ、手帳に書かれていた映画のタイトルで、わからないものがあったんだ。映画辞典やネットで調べても載ってなくて、どんな映画かと思ってた」

彼女が、手を止め、聞き返すように顔を上げる。

「スケジュールの、あの日の欄に、それは書かれてる。シミを免れて、はっきり読めるんだけど……愛海さんが観るつもりの映画だと、ずっと思ってた。それをお父さんに見せてあげて。愛海さん、謝ることができるんじゃないかな」

彩海が、いぶかしみながら、手帳を開き、あの日のスケジュール欄を探して、目を落とした。彼女がそっと口もとを手でおおった。

きっと愛海は、その日の夜、こう告げるつもりだったのだろう。

『I'm sorry, my father.』

11

いきなり降り出した雨は、ほどなく弱まり、またいきなり上がった。

気がつくともう十一時に近く、彩海の母からふたたび電話があった。車で迎えにくるという両親と、彼女は駅前のロータリーで待ち合わせ、遥也は近くまで送ってゆくことにした。

カフェから駅への道のりは十分足らずで、人通りは少なく、街の灯が映って多彩に色づく濡れた道を、二人は無言で歩いた。やがて駅が見えてきたところで、彩海は足を止め、

「本当に、いろいろありがとうございました」

遥也のほうに向き直り、まだ目を潤ませながらも、笑顔で礼を言った。

十七歳から持ちつづけていた手帳を開くたび、この子とはきっと話が合うはずだ、同じ世界を感じ取れるはずだと思うようになっていた。愛海という会ったこともない少女に、いわば恋をしていたということなのだろう……いつか同じ映画を観て、一晩中語り明かすことを夢に見ていた。その夢がもう叶うことはないと知らされて、ぽっかりあいた胸の穴が、彩海と過ごすうちに、少しずつ閉じつつある気がする。

「あ……もしよかったら……」

右手のビールジョッキが邪魔だ。左手に持ち替え、後ろのポケットに入れた劇場のチラシを取り出す。

「この映画、観に行かない？　一緒に」

相手の顔が見られない。すぐに返事がない。だめかと思う。

「はい……行きたいです」

遥也は顔を上げた。彩海が柔らかくほほえんでいる。

「本当？　じゃあ、どうしよう……劇場の前とかでいい？　二十分前とか」

「はい。あの、これ……お渡ししていいものかどうか、迷ってて」

彼女が小さなカードを差し出した。

「さっき、お手洗いに立たれたとき、書いたんです。わたしのメールアドレスと携帯の番号です。両親もきっとお礼を言いたいはずだから……田尾さんのお電話番号かアドレスを伺いたかったんですけど、失礼かなっと思って……自分の連絡先を書いたんですけど、それをお渡しするのも、連絡を催促してるみたいで、失礼な気がして、迷ってるうちに、つい……」

「じゃあ、いまここに、メールを打つね」

遥也は、街灯の下で、メモのアドレスを見ながら、自分の名前をメールで送った。来ました、と言う彩海の顔が液晶で明るく輝く。

「チケット、こっちで取っておいてもいい？」

「はい。お願いします」

白い乗用車が駅前の道路を走ってきて、少し離れたロータリーの一角に止まった。

「うちの車です……いろいろありがとうございました。失礼します」

彩海が、丁寧に頭を下げて、背中を向ける。会ったことのない少女ではなく、いま目の前にいる彼女に向き合いたい、と切実に思った。

「あのっ……」

遠ざかる彩海に声をかけた。彼女が振り返る。

「おれ……映画をずっと撮りたいと思ってた。被災した経験のことを。だから、お金とか取材とか必要だから……前の仕事を辞めて、いまの仕事をしてる。でも、それだけじゃなく……罪の意識もあったと思う。原発の事故のことで、だまされてた、って口にしてるおれの家族や親類に、違うだろ、って言いたい気持ちがあったし、おれ自身、何も声を上げてこなかったし、叔父さんも助けられなくて……少しでも、罪を償いたい気持ちがあった」

彩海がまっすぐ遥也を見つめる。その顔に、生徒手帳の写真が重なる。

「お姉さんのこと、愛海さんのことを……映画にできないかなって、ずっと考えてきた。でもイメージが全然つかめずにいた。きみに話が聞けて、やっと、自分や周囲の幸せについて、真剣に考え、誠実に生きてた一人の女の子の姿が、見えた気がしてる……これから先、どんな風に描いたらいいか、今度会ったとき、話を聞いてくれるかな？」

「はい。ぜひ、聞かせてください」

彩海が嬉しそうにほほえんだ。

遥也は、じゃあ、と手を上げた。ビールジョッキを乾杯するみたいに上げてしまい、慌てて手を変えた。彩海が口に手を当てて笑い、あらためて頭を下げ、両親の待つ車のほうへ小走りに去る。

遥也は、彼女の姿が車の後部席に消え、車が視界から消えるまで、同じところに立ったままで見送った。

しばらくしてから駅前を離れ、薄く張った路上の水溜まりを避けて、ベトナム料理店まで歩いていく。

店の表にはシャッターが下りていた。周囲にも明かりはない。離れた先に、ぽつんぽつんと店の灯が見える程度だ。

文男はもしかしたらこのまま故郷へ帰るかもしれない、と思った。

それならそれでいいじゃないか……武文男から、ヴー・ヴァン・ナムに戻ればいい。ホーチミン市の南寄りにある、海のきれいな町で、えくぼの愛らしい女の子と、一緒にフォーを食べればいい。二人で海辺を散歩して、日本の思い出を語り合い、ショーゴって人には困ったよ、などと笑えばいいと思う。

遥也は、シャッターの隅のほうにビールジョッキを置き、店の前を離れた。

人けのない街をずっと歩いていたい気分だった。見上げれば、雨雲は去り、深い藍色のところどころに小さな光がひらめいている。吹き過ぎてゆく風はまだ湿っている。電車の走ってゆく音が聞こえる。

その音にいざなわれ、リーやんはどうしたろうと思い出した。電車で郡山まで元奥さんと行ったろうか。いや、元じゃない。戸籍とは関係なく、きっといまでも夫婦だ。

二人は、短い時間の中、郡山駅前のホテルまで手をつないで走り……ふと、何をしているんだろうと、滑稽にも見える自分たちを意識して、つい笑ってしまいながら、その笑いの中に、幸せというものの実相を感じ取る時間があったろうか。

ホテルに向かって、奥さんの手を引いて走るリーやんに、彼女はくすくす笑って……なに笑ってんだ、とリーやんは叱るように言うが、笑いつづける彼女を見て、つい自分も笑ってしまう。そして奥さんがリーやんに、パパ、愛してるよ、と言うかもしれない。何バカ言ってんだ、とリーやんは笑いながらも、おれもだ、と小さく答えるかもしれない。たとえわずかな時間でも、二人がからだを温め合えたらいい、と心から願った。

歩きつづけるうち、遥也は川沿いの道に出た。川幅はけっこう広い。夏には花火大会や灯籠流しなどもおこなわれる川だと聞いている。遠い街灯に、わずかに照り映えて、ゆるやかな水の流れがとらえられる。

ほんの一瞬、幟のような白くて長いものが、波間に浮かんで消えた。

小五の顔を思い浮かべる。あいつについていく女がいるわけもない。ことごとく失敗するだろう……ざけんな、と愚痴を垂れつつ、ふらついているとき、道に落ちたデモの幟を見つけたら、つい拾い上げるかもしれない。

泥だらけの幟を引きずりながら、なお歩いていると、橋のたもとで声をかけられる……ねえ、あんたヘイト？　小五が声のしたほうを見る。髪を坊主刈りにした若い女が、橋の欄干にもたれ、そういうのむかつくよ、あたしと勝負する？　と睨みつけてくる。レインボー柄のＴシャツに、革のジャンパーとパンツが似合っている。ああ、超のつくヘイトだよ、と小五は答えて近づいていく。利権のために権力を乱用する連中をヘイト、差別や性暴力をするクソも、それを見逃すミソも、まとめてヘイトだ……そう言って幟を放り捨て、さあガチで勝負してくれ、と女の前に立って両手を広げる。女は小五をじっと見つめ、バカなの、と眉をひそめる。うん、バカなの、と小五は笑う。女もつい笑い、ジンのボトルを差し出す。小五は、飛び切りのバカだからこれっぽっちじゃ勝負になんないよ、とジンを一気に飲み干す。じゃあ飛び切りのバカと、どっかで飲み直すか、と女に言われ、悪くないねー、と小五は親指を立てる……。

川は、もう少し東へ流れた先で、海につながっているはずだ。

ここの海でも、多くの人が亡くなっている。遥也は、川沿いの道を、海に向かって歩いてゆく。地図ではすぐの距離でも、歩けば遠い。だが、まだ夜明けには時間がある。

次第に街灯が減って、真っ暗な道が先へとつづいている。不安になり、いったん足を止める。引き返したほうがいいだろうか。

錯覚か……海鳴りが、道の向こうから聞こえてきた気がした。いいや、行っちまえ。足を前に踏み出した。

「あぶない」

後ろから声がした。街灯の光を背にして人影が浮かぶ。小柄で、わずかに面差しが光の加減でうかがえ、文男だと気がついた。

「なんだ文男……店の人たちの世話になってるのかと思ったぞ」

「そっち、あぶないですよ」

遥也は、うなずいて、暗い道に背中を向けた。街灯の逆光になって、文男の表情はうかがえな

い。そばまで歩み寄り、

「悪かったな、迎えに行くのが遅れて。店に行ったら、もう閉まってた」

文男が、安心したのか、うなずく。彼と泊まるつもりだったネットカフェのほうへ歩いていく。

文男は後ろからついてくる。

「あの店の人たちの案内で、もう自分の国に帰っちまうかもしれないと思ってさ、海のきれいな町へ。それもいいんじゃないかと思ってたんだよ」

歩道を歩く彼らの隣を、ときおり車が走り抜けていく。闇の中に、水が弾き飛ばされる音がする。

「つたえて、くれますか」

後ろからの声に、遥也は少しだけ首を後ろに傾け、なに、と聞き返した。

「もう、かえれません」

「あ、じゃあ、仕事には帰らず、やっぱ故郷に戻ることにしたのか」

「いつか、あえます」

遥也は笑った。

「いつかな。そうだ、小五とさ、自慢の海を見にいくよ」

「げんきで、いてください」

「うん……みんなに伝えとく」

タクシーがすぐ横を通り過ぎ、前方でスピードをゆるめ、左手のコンビニの駐車場に入っていく。明るい店の光を見て、遥也はからだが冷えているのを感じた。

「コーヒーでも飲もうか、ちょっと腹も減ったな……」

「からだ、きをつけて……ながいき、してください」

「はあ？　大げさだな。それが、おまえの国の挨拶なの？」

「おとうちゃんと、いつまでもなかよく」

え……遥也は何のことかと、足を止めた。

「よるのうんてん、あぶないから、やめるよう、つたえてください」

遥也は相手に向き直った。道の上には誰もいなかった。街灯にうっすらと光る濡れた歩道が、遠くまでまっすぐつづいている。

遥也の背後で、車のドアが閉まる音がした。思わず振り返る。

コンビニの駐車場に止められたタクシーから、運転手が下りてきたところだった。肩が凝ったのか、その場で腰に手を当て、首をゆっくり回している。

うそだろ……遥也はもう一度辺りを見回し、コンビニの駐車場のほうへ目を戻した。

肩をとんとんと叩き、芯から疲れた様子で深々とため息をついている運転手は、遥也たちを宿舎から街まで運んでくれた星嶋さんだった。

12

約束の六時より三十分早く、遥也は市政ビルの裏手に立った。

日の出は一時間近く早いため、すでに青い色が上空に広がって、今日も一日暑くなる予感に満ちている。

遥也は、自販機で買った缶コーヒーを飲みながら、フクイチで働く予定の人々が少しずつ集まってくる様子を、ビルの壁にもたれて眺めていた。

自分の身に起きたことを、不思議だとは思ったが、恐怖は感じなかった。被災現場を歩き回った経験や、似た話を幾度も聞いたことがあるからかもしれない。

星嶋さんに、コンビニのイートインコーナーで、信じてもらえないかもしれないけど、決してからかうつもりではないし、錯覚と言われても仕方のないことだけれど……と前置きして、自分の体験を伝えた。

星嶋さんは、激しくまばたきを繰り返しながら黙って話を聞いたあと、怒ったように席を立って、コンビニを出て行った。しばらくして彼女は戻ってきて、自分のタクシーに乗るよう、遥也に求めた。駐車場に止めたタクシーの後部シートに言われるまま座り、〈彼〉から託された伝言を、もう一度正確に彼女に伝えた。

　星嶋さんは、運転席に座ってハンドルに手を置き、決して後ろを振り向かずに聞いたあと……その相手は、どんな様子だったか、あなたは姿なり顔なりを見たのか、どこか痛がってはいなかったか、つらそうではなかったか……と、涙ながらに、やはり背中を向けたままで尋ねた。

　遥也は乞われるまま、同じ話を三度繰り返した。星嶋さんは運転のできない状態になり、定時の連絡がないことを心配して掛けてきた夫の電話にもうまく答えられず、遥也が代わって、コンビニの場所を告げ、迎えに来てもらった。

　星嶋さんの夫にも、〈彼〉からの伝言を伝えた。そのあと二人を、〈彼〉に会った場所に案内した。星嶋さんたちの息子は、震災の日、その辺りで流されたのではないかと思われていた。二人は、遥也が〈彼〉に呼び止められた場所にしゃがんで、長いあいだ手を合わせていた。遥也も少し離れたところで手を合わせた。

　日を改めて二人がいま暮らしている仮設住宅を訪ねる約束をして、遥也は予定していたネットカフェに行った。

　リーやんの姿は見当たらなかった。仮眠をとるつもりだったが、目を閉じても、ここ十数時間の出来事がまぶたの裏に次から次と浮かび、寝入ることができなかった。いつとはなしに意識が飛んでいて、気がつけば、約束の場所に向かう時間になっていた。

　寝不足のせいか、ふわふわと足もとが落ち着かず、すべてが夢だったのではないかと思える。

だがスマホには、彩海のメールアドレスへの送信履歴が残っている。ポケットにも次回の映画上映会のチラシが入っている。コーヒーを飲み切り、空き缶を自販機脇のゴミ箱に捨てた。

「おう、早いじゃないか」

いきなり後ろから太い腕が首に回される。振り向くと、リーやんの笑顔がすぐ間近にあった。

「あ、おはようっす」

リーやんが腕を解き、遥也は彼と向かい合った。

「なんだよ、目が赤いな。寝ないで遊び回ってたのか、あとで応えっぞ」

そう言うリーやんの目も充血気味だ。

「リーやん、昨日、どうしました。郡山、行ったんですか」

「何の話だよ」

リーやんは、表情から笑みを消し去り、険しい顔つきで睨みつけてきた。え、と口ごもる遥也の横腹に、いきなり右のパンチを入れるしぐさを見せ、

「……行ったよ」

「あ、本当ですか。で？」

「で？　って何だよ、おまえ」

リーやんは、なお険しい顔で、左フックを遥也の横腹に入れるしぐさをしたのち、遥也の顎を右の拳でちょんと押すようにして、距離を取り、

「ありがとな。おかげで、いい時間が持てたよ」

と、照れたような笑みを浮かべた。

遥也はつい嬉しくなって、吐息を漏らした。

「そうですか……よかったぁ」

「何言ってやがる。よかったは、おれの台詞だ」

遥也は、思わず声を出して笑い、

「短い時間でも、大丈夫でしたか」

「うっせえ。もともと早いんだよ、おれは」

リーやんが下ネタを言うのを、遥也は初めて聞いた。二人して笑ったあと、

「ただ帰りの電車が、やっぱ途中の小野新町で止まってな。仕方ねえ、歩くかって思ったら、駅前で休んでたトレーラーが乗せてくれてさ。その運ちゃんの荷下ろしを手伝って、市場の仮眠所でしばらく寝させてもらった。で……小五と文男は？」

説明に困った。小五はともかく、文男のことはどう言えばいいか。ここへ来る前にもう一度ベトナム料理店の前へ行ってみたが、シャッターはなお閉まったままで、ビールジョッキも残っていた。

「あの、文男は……たぶんもう、戻ってこないんじゃないかなって」

遥也は頭を少し下げ、「もう今日あたり、日本を離れちゃうんじゃないですかね……」

え、とリーやんが眉をしかめる。

「おはようございます」

後ろから呼びかけられ、二人が同時に振り返る。文男が立っていた。

「おう、おはよう」

リーやんは眉を開いて答えてから、遥也にまたパンチを当てるしぐさをした。

「コノヤロー、はめやがって……小便ちびりそーだったろーが」

遥也は、スミマセンスミマセンと謝り、追いかけてくるリーやんから逃げた。

マイクロバスが道の向こうに現れる。気がつけば作業員たちが、いまこちらに向かって歩いてくる人たちも入れれば、二十人近く集まっている。リーやんが、運転手に挨拶してくるから、と言って、バスが止まる場所へ歩いていく。

遥也は、文男の向かいに立ち、ほっと息をついた。

「文男、心配したよ。どうしてたんだ、店に行ったら閉まってるしさ」

「すみません。テオさん、ショーゴさん、でんわ、しらない。おみせのひと、わたし、こまっている……へや、とめて、くれました」

「そうなんだ……店の人にも言われてたから、文男はもうこのまま国に帰るかも、って思ってたんだ」

「わたし、かえります」

文男がほほえんで言う。

「え、帰るの」

「しごと、かえります。みなさんと、いっしょ、もり、カントリー、きれいします」

「そっか……よし、みんなでご安全にがんばろうや」

遥也は、文男の肩を軽く叩いた。

「なんだなんだ、あとはうちの問題児だけか」

リーやんが戻ってきた。道の前後を見渡して、舌打ちをくれ、

「見えねーな。もうちょっとでバスは出ちまうぞ」

遥也はスマホを出し、小五に電話を掛けた。どこからか陽気なマーチが聞こえてくる。遥也は、その音をたどってビルを囲んでいる植え込みの裏側に回った。雨露をしのげる庇の下に、小五が身を丸めて寝ており、ポケットから映画『大脱走』のテーマ曲が流れている。

「ったく……おい、小五、起きろ、風邪ひくぞ」

小五が、顔をしかめ、鼻をすする。遥也と文男が小五の両側に回り、せーの、で上半身を起こしてやる。

「こんなところで独り寝か……あんまりいい夜じゃなかったみたいだな」

遥也の言葉に、小五は眠そうながら、鼻で笑った。

「いや……悪くなかった。それより文男は、いい夜だったたか」

文男がうなずいた。

「わるく、ないです」

「ハッ、言ってくれるね。テオはどうだ……映画のストーリー、考えたか」

「ああ、ちょっと見えてきたよ」

「マジか……どんな話だ」

「あとで聞かせる、わりと長い話になりそうだから……さ、行こうや」

「おっしゃ、今日もまた、この国を救いにいきますかー」

小五が立つのを遥也と文男が手伝うあいだに、リーやんが管理責任者の塚元へだろう、電話を掛けていた。

「大丈夫、全員そろってますよ……ええ、ええ、そう。いまから帰ります」

＊参考文献『伊丹万作エッセイ集』（大江健三郎 編／筑摩書房）

初出誌

「迷子のままで」　「新潮」二〇一九年一月号
「いまから帰ります」　「新潮」二〇二〇年二月号

カバー彫刻
土屋仁応
「象 Elephant」

撮影
竹之内祐幸

協力
メグミオギタギャラリー

装幀
新潮社装幀室

迷子《まいご》のままで

二〇二〇年五月二〇日　発行

著　者　天《てん》童《どう》荒《あら》太《た》

発行者　佐藤隆信

発行所　株式会社　新潮社

〒162―8711　東京都新宿区矢来町七一

電話　編集部　〇三―三二六六―五四一一

　　　読者係　〇三―三二六六―五一一一

https://www.shinchosha.co.jp

印刷所　大日本印刷株式会社

製本所　大口製本印刷株式会社

乱丁・落丁本は、ご面倒ですが小社読者係宛お送り下さい。送料小社負担にてお取替えいたします。

価格はカバーに表示してあります。

ISBN978-4-10-395705-8　C0093